eine tasse tee

eine tasse tee

kathrin groß-striffler

erzählungen

mitteldeutscher verlag

Meinen Eltern gewidmet

die hexe

Hast wohl Angst?, flüstert Tom. Gib's zu, dass du Angst hast. Er tastet nach meiner Hand. Seine ist warm und feucht. Ich habe eine Gänsehaut. Es ist stockdunkel im Wald, und rechts und links knackt es im Gebüsch. Ein Käuzchen schreit. Wie kann man bloß mutterseelenallein dort wohnen. Ich hab' ja so einen Verdacht, sagt Bernd, was sie mit dem Mädchen gemacht hat. Was denn, flüstert Kathi. Ich spür', dass auch sie Angst hat. Bernd wartet eine Weile, um die Spannung zu erhöhen. Na, dreimal dürft ihr raten, zischt er dann. Kein Mensch hat das Mädchen mehr gesehen. Also was wird sie wohl mit ihm gemacht haben. An einem Tag war sie noch da, und am nächsten war sie verschwunden. Hört mal, was ist das? Wir bleiben gebannt stehen. Ein gruseliger Schrei, einmal, zweimal. Ein Hirsch, sagt Tom. Sein Vater ist Jäger, er muss es wissen. Meine Nackenhaare sind gesträubt. Am liebsten würde ich umkehren. Wieder knacken Äste, diesmal so laut, als wäre etwas – ein Mensch?, ein großes schweres Tier? – ganz in unserer Nähe. Keine einzige Straßenlampe, murrt Bernd. Er ist über einen Stein gestolpert und flucht leise. Den nehm' ich mit, sagt er. Bernd hat gesagt: Wetten, dass ihr euch nicht traut, nachts hinter zu ihrem Haus zu laufen? Wetten? Tom hat gesagt: Ist ja wohl Peanuts, ja, das hat er gesagt, und jetzt bibbert er vor Angst. Weil sie eine Verrückte ist. Sie stammt von einem Zigeuner ab und wohnt allein in einem runtergekommenen Haus mitten im Wald. Gaga ist sie, das sagen alle im Dorf. So was von gaga. Mein Vater sagt, sie hätte als Mann zur Welt kommen sollen. Ihre

Stimme ist wie ein Maschinengewehr, rattatata. Sie trägt eine alte Jeans und einen Männerhut. Wahrscheinlich hat sie eine Pistole, flüstert Tom. Kathi summt ein Lied, wohl um sich Mut zu machen. *We are the champions.* Klar. Ich will heim, aber sie schiebt mich weiter. Und wo hat sie es dann hingetan?, fragt Tom. Das Mädchen, mein' ich. Wahrscheinlich im Garten verbuddelt, sagt Bernd, was weiß denn ich. Hinter uns, im Dorf, bellt ein Hund. Die hört uns doch, sagt Kathi, wenn wir uns vor ihrem Haus rumtreiben. Soll sie ja auch, sagt Bernd. Sie soll sich zu Tode fürchten. Aber auch seine Stimme klingt nicht ganz wie sonst. Am Nachmittag haben er und Kathi sich auf dem Boden gerollt. Sie hat ihn an seinen abstehenden Ohren gezogen. Da scheint die Sonne durch, hat sie gerufen und sich totgelacht. Kathi lässt sich nichts bieten. Ich wünschte, ich wäre wie sie. Sie haben sich gekloppt, weil Bernd gesagt hat: Nichts für Mädchen, ihr bleibt daheim. Können wir nicht brauchen, dass ihr mittendrin die Krise kriegt. Kathi hat verächtlich ausgespuckt. Eine Wolke hängt vor dem Mond, der grade so viel Licht gibt, dass wir den Weg erkennen können. Wieder knackt es laut. Aber ich kann nicht umkehren, ich kann nicht allein zurück. Ich halte mich an Kathi fest. Alte Hexe, knurrt Bernd. Schreibt Gedichte. Andre Leute gehen arbeiten, und sie kassiert Hartz IV und macht so einen Schwachsinn. Neben uns ertönt ein leises Wimmern. Hoch und dünn, als würde ein Tier gefressen, eine Maus vielleicht. Ich sterbe vor Angst. Ich will heim. Ich flüstere: Kommt, wir kehren um. Hab's ja gewusst, stöhnt Bernd. Weiber. Jetzt erst fällt mir auf, dass Tom kein Wort sagt. Tom, flehe ich. Bitte. Tom brummt: Die braucht mal eine auf den Kopf. Blöde alte Hexe. Genau, bestätigt Bernd. Ruhe jetzt. Erst mal schau'n wir durchs Fenster, was sie treibt.

Das alte Haus liegt im Dunkeln, nur ein Fenster im Erdgeschoss ist erleuchtet. Wir schleichen uns an. Mein Herz pocht so laut, dass sie es hören muss. Aber sie sieht nicht auf. Sie sitzt an einem Schreibtisch und hat eine kleine Lampe brennen. Sie schreibt. Nicht mit dem Computer, sondern mit einem Stift. Auf ihrem Schoß liegt zusammengerollt ihre Katze. Die Katze folgt ihr manchmal, wenn sie im Dorf einkaufen geht. Wo der Wald aufhört, setzt sie sich hin und wartet. Auch das ist gaga. Wer hat schon mal von einer Katze gehört, die ihrer Besitzerin folgt wie ein Hund. Das Verrücktsein ist auf sie übergesprungen, sagt Kathis Mutter. Wir starren hinein. Wir rühren uns nicht. Das Licht scheint so warm, so heimelig. Ich glaub' fast, die Katze schnurren zu hören. Sie hat die Augen zu schmalen Schlitzen geschlossen. Bernd flüstert: Ich schmeiß' den Stein in das Schuppenfenster. Dann brüllen wir was und hauen ab. Und wenn sie uns abknallt?, flüstert Kathi atemlos. Im Dunkeln, gibt Bernd höhnisch zurück. Bevor die zu sich kommt, sind wir weg. Wir ziehen uns mit geduckten Köpfen vom Fenster zurück, bis wir wieder auf dem Weg stehen. Da schmeißt Bernd den Stein. Er trifft das Fenster nicht, sondern der Stein rumpelt gegen die Holzwand. Hexe, schreit er, und wir stimmen ein. Hexe! Deine Mutter war eine Zigeunerhure!, schreit Tom, und Bernd lacht begeistert. Kathi schreit: *Fuck you!* Hinter meinem Nabel kitzelt es. Ich will, dass sie diese Nacht nie vergisst. Ich will, dass sie Angst hat. Dass sie merkt, dass sie keiner leiden kann im Dorf, ich will, dass sie uns in Ruhe lässt mit ihrer Maschinengewehrstimme und ihrer verrückten Katze. Abhauen soll sie. Woanders hinziehen. Und gleichzeitig hab' ich einen Kloß im Hals. Ich schreie: Hau ab!, und fange an zu heulen. Am liebsten würde ich noch einen Stein schmeißen. Denn sie kommt nicht raus. Sie kommt nicht raus, und sie hat auch keine Pistole. Sie zieht einfach die Vorhänge zu. Als wären wir dumme Gören, nicht der Rede wert. Los, wir hauen ab!, ruft Bernd. Wahrscheinlich holt sie die Polizei, beeilt euch! Dabei wissen wir alle, dass sie die Polizei nicht holt. Sie tut gar nichts. Wir schleichen davon. Wir müssen nicht mal rennen. Wortlos halten wir uns auf dem Weg, die anderen drei sind vor mir, ich stolpere hinterher. Ich weine immer noch. *Crybaby*, sagt Bernd verächtlich. Die Wolke ist weitergezogen, der Mond scheint hell.

Auch bei uns brennt nur unten im Arbeitszimmer meines Vaters Licht. Er dreht sich um und zieht mich an sich: Sag mal, hat Mama dich auch abends so spät noch rausgelassen, fragt er? Es ist doch gar nicht spät, sage ich, außerdem war ich nur bei Kathi, hab' ich dir doch gesagt. Ist schon gut, sagt er, ich lehne mich an ihn, ich sage: Du riechst nach Zigarette, er lächelt traurig und sagt: Ich bekenne mich schuldig. Habt ihr schön gespielt?, fragt er, und ich nicke. Bald geht der Ernst des Lebens wieder los, sagt er. Ich bin so froh, dass Kathis Mama die Ferien über nach dir geschaut hat. Und dass ich so viel von daheim aus machen kann. Wir schweigen. Ich spüre seinen Arm um meine Taille. Ich schaue auf den Monitor. Was ist das, frage ich, ein neues Haus? Eine Sporthalle, sagt er. Du weißt doch, wo die Aschenbahn ist, da wird ein Sportzentrum hinkommen. Mit Restaurant, richtig schick. Krass, sage ich. Ihr werdet dort in Zukunft euren Sportunterricht haben, sagt er. Ab dem übernächsten Schuljahr. Kathi und Bernd und Tom auch? Er nickt. Klar, sagt er, das Zentrum ist für alle Schulen in Weikersheim. Weißt du, was ich nicht mag?, sage ich leise. Ich mag das Busfahren nicht. Das wusste bisher nur Mama. Er schaut mich an. Findest du, fragt er, wir sollten in die Stadt ziehen? Er sieht aus, als wäre ihm der Gedanke schon öfter gekommen. Erschrocken schüttle ich den Kopf. Weg von Kathi und Tom und Bernd? Unvorstellbar. Vielleicht, sinniert er, wär' das gut für uns. Wir könnten das Haus verkaufen und uns eine schöne Wohnung suchen. Er schaut in meine schreckensgeweiteten Augen. Lächelt. Beruhige dich, war nur so eine Idee. Und jetzt lauf, ich hab' noch zu tun. Er gibt mir einen Schubs. Zieh ab, Häschen, sagt er. Wir kriegen das schon hin, mach dir keine Sorgen. Was er meint, ist unser Leben zu zweit.

Aber ich bin mir da nicht so sicher. Die Tür zum Arbeitszimmer meiner Mutter ist zu. Er bringt es nicht fertig, ihre Sachen auszuräumen. Ich weiß nicht, was schlimmer ist, die geschlossene Tür oder ein neu eingerichtetes Zimmer. Es ist still im Haus. Ich mache überall Licht. Die Holzdielen knarzen unter meinen Füßen. Ich wollte, ich hätte eine Schwester oder einen Bruder. Lieber eine Schwester. Zu der könnte ich jetzt ins Zimmer und mit ihr kuscheln. Ich könnte ihr von der Dichterin erzählen. Wie sie schreibend an ihrem Tisch saß, mitten im dunklen Wald. Meine Schwester würde sehnsüchtig sagen, ich wollte, ich könnte auch Gedichte schreiben. Darauf ich: Warte, ich hol' was. Ich würde in mein Zimmer hüpfen und ihr meine Gedichte bringen. Hab' ich geschrieben, würde ich stolz sagen. Du? Sie wär' blass vor Neid, würde sie lesen und ganz super finden. Du wirst bestimmt noch berühmt, würde sie sagen. Noch berühmter als die hinten im Wald. Stattdessen schaue ich nun allein auf meine Verse. Einen lese ich laut, aber meine Stimme hallt, und mir geht eine Gänsehaut auf. Ich hab' mir vorgestellt, ich wär' eine Blume auf dem Grab meiner Mutter. Ich beschreibe, wie es auf mich regnet, wie die Sonne auf mich scheint. Wenn ich das meinem Vater vorlesen würde, würde er weinen. Ich kann ihm nicht alles sagen. Ich muss auf ihn aufpassen. Mein Handy klingelt. Es ist Kathi. Weißt du, fragt sie laut, was mein Vater über sie erzählt hat? Du kennst doch den Heini vom Ulmerhof? Er hat sich einen Hund vom Tierheim geholt und an die Kette gelegt, und da ist sie hin und hat sich vor Heini aufgebaut und gesagt: Wenn du deinen Hund nicht frei laufen lässt, zeig' ich dich an. Ist zu dem Köter hin und hat ihn abgemacht. Hat sich ihren komischen Hut fester auf den Kopf gedrückt und ist davonmarschiert. Das ganze Dorf kocht. Nur schade, dass wir den Stein nicht in ihr Wohnzimmerfenster geschmissen haben. Aber das kommt noch, kannst dich drauf verlassen. So schnell sind wir nicht mit der fertig. Und der Hund?, frage ich. Was ist jetzt mit dem? Der ist wieder angebunden, sagt sie. Wetten, dass sie die Polizei nicht holt. Ich bin mir da nicht so sicher. Judith?, fragt sie. Du bist doch dabei, wenn wir wieder losschlagen? Klar bin ich dabei, sage ich laut. Wusst' ich's doch, sagt Kathi zufrieden. Bernd hat gesagt, weil du so geheult hast … egal. Du denkst nicht, dass du was Besseres bist, bloß weil du ans Gymnasium gehst, oder? So ein Quatsch, sage ich. Bernds Mutter sagt, die Judith ist keine von euch. Sie macht eine Pause. Du weißt schon. Weil du zugezogen bist. Und weil dein Vater … und deine Mutter … Ich hab' das Gefühl, auf einem dünnen Seil zu balancieren. Ich sage tapfer: Alles Käse. Ich sage, ich hätt' auch gern ein Piercing im Ohr, deins sieht voll hübsch aus. Ich lass mir demnächst eins in die Nase stechen, sagt sie stolz. Toll, sag ich bewundernd. Das würd' ich mich nie trauen. Und irgendwann, sagt sie, kommt eins in den Nabel. Geil, sag' ich. Darfst du jetzt noch fernsehen? Klar, sagt sie. Ich guck' noch 'nen Krimi. Ich sag' ihr nicht, dass ich mich fürchten würde. Mein Vater erlaubt es eh nicht. Wir legen auf.

Am nächsten Tag seh' ich die Dichterin in den Waldweg

einbiegen, eine volle Einkaufstasche über dem Arm. Die Katze hat wie immer auf sie gewartet und schießt hinter einem Baum hervor und streicht mit hochgestelltem Schwanz um ihre Beine. Ein Auto kommt näher. In dem Augenblick, als es in Höhe der Abzweigung ist, stellt der Fahrer Technomusik so laut an, dass die Dichterin einen Satz macht. Äpfel kullern aus ihrer Tasche. Der Fahrer, es ist Fritz, der Sohn des Bäckers, lacht laut und fährt weiter. Sie bückt sich schweigend nach den Äpfeln und sammelt sie ein. Als sie sich wieder aufrichtet, sieht sie mich. Sie lächelt mir zu. Ich spüre, wie sich meine Mundwinkel heben, auch wenn ich es nicht möchte. Sie sagt: Diese jungen Leute. Nicht zornig, sondern traurig. Ein Apfel ist unter einen Busch gerollt, ich hebe ihn auf und reiche ihn ihr. Danke, sagt sie, lieb von dir. Sie betrachtet mich aufmerksam. Hast du noch Ferien? Ich nicke. In welche Klasse gehst du? Die fünfte, sage ich. Gymnasium. Sie lächelt wieder. Willst du mich mal besuchen?, fragt sie. Jetzt gleich?, bringe ich hervor. Wenn nun Kathi oder Bernd oder Tom mich sehen. Klar, sagt sie. Komm! Mir fällt ein, was Bernd über das Mädchen gesagt hat. Vielleicht lockt sie die in ihr Haus und macht dann was Schlimmes mit ihnen. Sie grinst amüsiert. Ich tu dir nichts, sagt sie. Ihre Stimme ist eigentlich gar nicht so laut. Ich zögere immer noch. Die Hutkrempe beschattet ihre Augen. Sie sagt, wir können auch im Garten bleiben, wenn dir das lieber ist. Ich hab' einen Baum voller Zwetschgen. Ich weiß gar nicht, was ich damit machen soll. Du kannst einen Eimer voll pflücken und mit nach Hause nehmen. Vielleicht backt deine Mama einen Kuchen davon. Ich sage ihr nicht, dass meine Mutter tot ist. Ich schaue den Waldweg hinter, der bei Tageslicht gar nicht angsteinflößend wirkt. Im Gegenteil, das Sonnenlicht fällt durch die Bäume auf den Boden und formt dort zitternde Lichtsprengsel.

Schön sieht das aus, und es gibt den Ausschlag. Ich geh' nur mit in den Garten und halte mich nah am Tor, sodass ich jederzeit davonrennen kann. Ich bin schnell, sie kann mich nie im Leben einholen. Die Katze springt immer ein paar Sätze vor uns her und wartet dann. Ein komisches Tier mit ganz langen Haaren und Bernsteinaugen. Ich weiß nicht, was ich sagen soll. Die Dichterin schnauft ein bisschen, weil der Weg leicht bergauf geht. Sie wirkt eigentlich völlig normal, und ich entspanne mich ein wenig. Sie sagt: Ich hab' heute früh ein Gedicht über den Wald hier geschrieben. Nicht das erste, aber wieder anders als die anderen. Wenn du willst, les' ich es dir vor. Ich nicke geschmeichelt. Hör mal, sagt sie plötzlich und bleibt stehen. Dieses Lachen. Das ist ein Specht. Er beklagt sich, weil wir ihn aufgestört haben. Ich sag' ihr nicht, dass ich das weiß. Mama hat mir oft die Vogelstimmen erklärt. Und dieses Keckern ist eine Elster, fügt sie hinzu. Die klauen alles, was nicht niet- und nagelfest ist. Am liebsten würde ich sie fragen, wie es ist, einen Zigeuner zum Vater zu haben. Ihre Haut ist ganz leicht dunkler als meine. Ansonsten merkt man nichts. Ich hab' noch nie einen Zigeuner gesehen, aber ich weiß, dass sie in bunten Wagen leben und von Stadt zu Stadt ziehen. Wir sind an ihrem Haus angekommen, und sie stößt das Tor auf, das in den Angeln quietscht. Auch das Haus wirkt harmlos. Wilder Wein rankt sich über das Fachwerk. Aber reingehen kommt nicht in Frage. Ich bleibe stehen. Warte, sagt sie, ich bring' schnell die Einkäufe in die Küche und hole dir einen Eimer für die Zwetschgen und mein Gedicht. Du kannst dich schon mal setzen. Unter einem riesigen Baum steht ein kleiner Tisch mit zwei Stühlen. Als ich sitze, springt mir das Katzenvieh auf den Schoß und beginnt zu schnurren. Das Fell ist weich und sonnengewärmt. Ich schaue auf den Schuppen. Der Stein liegt noch davor. Ich schäme mich und bin gleichzeitig auf der Hut. Vielleicht ist das ihre Masche, erst macht sie, dass man sich entspannt, und dann schlägt sie zu. Meine Güte, wenn Kathi mich hier sehen würde. Sie mag dich, sagt die Dichterin, als sie aus dem Haus kommt. Normalerweise ist sie sehr zurückhaltend. Sie heißt Emmi, übrigens. Eigentlich finde ich es schön hier. Es riecht gut, nach Moos und warmen Tannennadeln. Sie setzt sich mir gegenüber und holt etwas aus dem Eimer. Schokoladenkekse. Einen Moment lang denke ich: Und wenn sie vergiftet sind. Sie beißt selber in einen hinein. Na, wohl doch nicht. Als sie ihren Mund leer hat, fängt sie an zu lesen. Ich schaue auf ihre dünnen Haare, die an manchen Stellen grau sind. In ihrem Gedicht geht es um Wurzeln und Baumspitzen, alles verstehe ich nicht, aber den Klang verstehe ich. Und das Gefühl. Ich glaube, die macht keine Mädchen tot. Die macht auch sonst nichts Schlimmes. Als sie fertig ist, weiß ich nicht, ob ich klatschen soll oder was man sonst in so einer Situation tut. Es ist schön, sage ich. Danke, sagt sie artig. Ich geb' mir einen Ruck. Ich schreibe auch Gedichte, sage ich und schaue auf den Boden. Aber das ist ja wunderbar, sagt sie. Bringst du mir mal ein paar und liest sie mir vor? Wirklich?, frage ich. Na klar, sagt sie und lacht. Dichterinnen müssen zusammenhalten. Ich freue mich, und gleichzeitig will ich nicht, dass sie so etwas sagt. Ich will vor den anderen damit prahlen, dass sie meine Gedichte lesen will. Oder aber ich erzähle gar nichts von dem hier, niemandem. Auch meinem Vater nicht.

Ich verlasse ihren Garten mit einem Eimer voller Zwetschgen. Besuch mich bald wieder, ruft sie mir noch nach. Ich dreh' mich um und winke ihr zu. Sie ist aus dem Schatten des Baumes getreten und steht jetzt in der prallen Sonne. Ohne Hut sieht sie wirklich nicht wie ein Mann aus; eher wie eine alte Frau. Wieder schäme ich mich wegen dem, was wir am Vorabend getan haben. Ich steige die wenigen Stufen zum Waldweg hoch – und fahre zusammen. Nur wenige Schritte entfernt steht Tom, genauso erschrocken wie ich. Wir starren uns an. Sein rundes pickliges Gesicht verzieht sich zu einem schrägen Grinsen. Zwetschgen, sagt er. Voll krass. Wofür hat sie dir die gegeben? Dass du uns verpetzt hast? Ich schüttle den Kopf, ich bringe kein Wort heraus. Hinter mir klappt eine Tür. Die Dichterin ist im Haus verschwunden. Klar hast du uns verpetzt, sagt er. Sonst käm' die doch nicht auf die Idee, dir was zu schenken. Du bist hin und hast dich eingeschleimt. Er steckt die Hände in die Hosentaschen. Breitbeinig steht er da. Ich erinnere mich an seine feuchte Hand und wie er gebibbert hat vor Angst. Ich tu so, als wär' er nicht vorhanden und gehe weiter. Er greift in den Eimer und holt eine Zwetschge heraus und dreht ihre Hälften gegeneinander. Als er sieht, dass sie nicht wurmig ist, isst er sie. Wenn ich jetzt tot umfalle, bist du schuld, brummt er mit vollem Mund. Dann zieht er sein Handy heraus und wählt eine Nummer. Rat mal, Bernd, wenn ich vor dem Haus der Hexe getroffen habe, sagt er. Judith. Mit einem Eimer voller Zwetschgen. Verpetzt hat sie uns. Hab' ich nicht!, rufe ich empört. Hör endlich auf, so einen Schwachsinn zu behaupten! Gute Idee, sagt Tom. Bis gleich. Sag Kathi Bescheid. Sie wollen auch was von abhaben, sagt er und grinst. Wir treffen uns am Raseneck. Sie sind in ein paar Minuten da. Schweigend trotten wir nebeneinander her. Als wir zu dem ausgetrockneten Bachbett kommen, sagt er: Mit der sind wir noch lange nicht durch. Lasst sie doch einfach in Ruhe, murmle ich. Sie tut doch keinem was. Tom tippt sich an die Stirn. Verhext, knurrt er.

Bernd und Kathi sind tatsächlich schon da und schauen uns erwartungsvoll entgegen. Endlich ist mal was los im Dorf.

Da ist die Petze, sagt Tom. Ich hab' euch nicht verpetzt, sag' ich. Und was hast du dann bei der Hexe gemacht?, fragt Bernd. In seinen Augen glimmt Hass. Wag es nicht, sagen seine Augen. Denk bloß nicht, du seist was Besseres. Wer nicht für uns ist, kriegt genauso auf die Mütze wie die Alte dort hinten. Ich sage leise, sie hat mir ihre Katze gezeigt. Ach, höhnt Kathi. Einfach so. Du bist hinterhergelaufen und hast gesagt: Ich möchte gern Ihre Katze streicheln. Da hat sie dich reingelassen und dir Zwetschgen geschenkt. Das kannst du deiner Oma erzählen. Oder sonst wem. Uns jedenfalls nicht. Also spuck's endlich aus, knurrt Bernd. Weswegen warst du dort? Ich spüre, wie mir Tränen in die Augen steigen. Oh Gott, jetzt fängt sie wieder an zu flennen, sagt Bernd. Aber weißt du was? Wir geben dir noch eine Chance. Heut Abend machen wir dort hinten ein Feuerwerk. Und du fängst vorher die Katze, dass wir ihr einen Kracher an den Schwanz binden können. Zufrieden schaut er von Kathi zu Tom. Die nicken begeistert. Ich schluchze auf. Ich muss heim, sag' ich. Ich lass' den Eimer stehen und renne los. Wir holen dich um sieben ab, schreit Bernd mir hinterher. Und wehe, du kommst nicht mit. Dann kannst du was erleben. Kathi ruft noch: Ohne uns hast du hier verschissen. Das ist dir klar, oder? Heulend laufe ich nach Hause.

Mein Vater ist nicht da, aber ich hab' den Schlüssel. Das große Haus atmet laut, der Boden ächzt unter meinen Schritten. Mir ist übel, und ich renne ins Bad und beuge mich grade noch rechtzeitig über die Kloschüssel. Schokoladenstückchen schwimmen im Erbrochenen. Ich heule so sehr, dass Schleim aus meiner Nase tropft. Ich ziehe die Spülung und schnäuze meine Nase. Ich renne die Treppe hoch in mein Zimmer und reiße die Schublade auf, wo ich meine Gedichte unter der Unterwäsche versteckt habe. Ich zerfetze sie, immer noch laut weinend. Vielleicht hätten sie meiner Mama gefallen, aber meine Mama ist tot. Ich friere. Im Bett ist es warm. Ich warte, dass mein Vater zurückkommt. Ich muss eingeschlafen sein, denn ich höre ihn nicht kommen. Er sitzt an meinem Bett und fühlt mir die Stirn. Du hast Fieber, Häschen, sagt er bestürzt. Ich werfe mich in seine Arme. Papa, flüstere ich. Du hast doch gesagt, wir könnten in die Stadt ziehen. Bitte, bitte, such uns eine Wohnung. Er hält mich erstaunt von sich. Was ist passiert?, fragt er. Ich senke den Kopf. Nichts, flüstere ich. Ich hab's mir nur überlegt. Er sagt, Willst du deinem alten Papa nicht erzählen, was geschehen ist?

Nichts ist geschehen, sage ich. Gar nichts.

Er umarmt mich fest. Ich kümmer' mich drum, sagt er. Versprochen. Vielleicht hab' ich schon was. Aber nun werd erst mal wieder gesund.

Bitte mach, dass es schnell geht, sage ich. Es klingelt. Es ist sieben Uhr.

avernakø

Er ist auf der Insel angepflockt wie eine Ziege am Pfosten. Die Insel ist nur sechs Quadratkilometer groß. Und auf der hat er immer gelebt. Er will nicht fort, und er kann nicht fort. Er akzeptiert das Seil, das ihn festhält, es besingt es und verdammt es, er zerrt daran und lässt sich halten. Segen ist sie, die Insel, und Fluch zugleich.

Er geht in das Stück Garten, das er für die Hühner abgegrenzt hat. Eins hat einen nackten Arsch, keine Ahnung, warum. Sie scharen sich flatternd und gackernd um ihn, weil er einen Eimer mit Getreide dabeihat. Er fasst mit der Hand hinein und spürt die kühlen Körner, die einen leicht modrigen Duft verströmen. In diesem Jahr steht der Weizen hoch, aber es kann ihm egal sein. Er ist kein Bauer mehr. Seine Scheune ist vor sechs Jahren abgebrannt und hat seine gesamte Ernte vernichtet. Da hat er aufgegeben und sein Land verpachtet. Sein Nachbar, der neue Pächter, hat ihm auf die Schulter geklopft. Vielleicht kann ich jetzt überleben, hat er gesagt. Kriegst ja kaum was für das Getreide. Er hat sorgenvoll den Kopf geschüttelt. Und wie geht's jetzt bei dir weiter? Niels hat die Achseln gezuckt. Ich mach' mich nützlich, hat er gesagt. Viel brauchen wir ja nicht, meine Mutter und ich.

Er langt in die Nester und sammelt die noch warmen Eier ein. Am Nachmittag muss er ein paar öffentliche Rasenflächen mähen und den Lieferwagen für den nächsten Tag fertigmachen. Montags und donnerstags holt er frische Lebensmittel von Fünen herüber, für den kleinen Kaufladen. Die Fahrzeit auf der Fähre beträgt eine Stunde. Eine Stunde, die ihnen allen hier Stille garantiert und Gleichmaß. Man könnte auch sagen, Langeweile und Einsamkeit. Hundert Einwohner sind sie auf Avernakø. Touristen verirren sich nicht zu ihnen. Was sollen sie hier auch machen. Im Meer baden, gut, einmal um die Insel radeln. Viele der ehemaligen Bauern arbeiten in Fåborg in den Fabriken. Also ist es tagsüber noch stiller als still. Nur der Wind fährt durch die Pappeln. Vereinzelt hört man eine Kettensäge oder eine Fräse oder einen Hund oder das Maunzen einer Möwe. Er seufzt. Er hat das Gefühl, dass seine Haut an ihm herabhängt wie ein zu großer Mantel. Seine Schritte hallen im dunklen Flur. Er stößt die Tür zur Küche auf und stellt den Korb mit den Eiern auf den Tisch. Mach die Tür zu, es zieht, sagt seine Mutter. Sie schnuffelt. Du weißt doch, dass mir Zug nicht bekommt. Wortlos schließt er die Tür. Das Fenster ist beschlagen vom Dampf, der aus einem der Töpfe aufsteigt. Er geht hinters Haus und jätet das Unkraut im Kartoffelacker. Zahme Feldhasen sehen ihm dabei zu.

Seine Mutter sagt beim Mittagessen: Bring morgen Fisch mit, und er nickt. Wässrige rotgeränderte Augen schauen aus einem von Falten völlig zerknitterten Gesicht. Er denkt: Wenn sie tot ist, bin ich ganz allein. Diesen Gedanken hat er in der letzten Zeit öfter, weil sie langsam vor seinen Augen verlischt. Als er in Fåborg auf die Hauptschule ging, hat er immer mal wieder ein Mädchen gehabt. Was, du bist von Avernakø? Das war das Ende. Meine Güte, wie lange das her ist. Sein Vater war in dem Alter, in dem er jetzt ist – achtundfünfzig – schon tot. Selbst durch das geschlossene Fenster hört man das unwirsche Rufen eines Fasans. Seine Mutter ist ihr gesamtes Leben nie übergesetzt, sie wird auf dem kleinen Friedhof neben ihrem Mann liegen, wenn es soweit ist. Dem Friedhof, dessen Kieswege er harkt. Mädchen für alles ist er, es ist ein Jammer, aber immer noch besser als Fabrik. Er sieht doch, was die Fabrik aus den anderen macht. Kettenraucher und Trinker, Männer und Frauen, die auf der Fähre schon die Bierdosen in der Hand haben, die den Rauch so gierig inhalieren, als hinge ihr Leben davon ab. Oder das, was davon übrig ist, und das ist nicht viel.

Am nächsten Morgen nimmt er mit ihnen die erste Fähre früh um sieben. Die meisten legen ihre Arme auf die Tische und den Kopf darauf und schlafen noch ein Stündchen. Er hat sein Buch dabei, das er in der Bücherei in Fåborg ausgeliehen hat und zurückbringen muss, einen historischen Roman über Karl den Großen. Er glaubt, er ist der Einzige, der auf Avernakø Bücher liest. Er wäre gern weiter zur Schule gegangen, aber er wurde auf dem Hof gebraucht. Das Buch riecht nach Staub, die Seiten sind vergilbt. Er lauscht dem Brummen des Schiffsmotors, bevor er zu lesen anfängt, fühlt das leichte Schaukeln, der Wind hat noch zugelegt über Nacht, die Sonne scheint hell und weiß. In der Nacht hat eine Kuh des Nachbarn gekalbt, er ist von ihrem Schreien aufgewacht und hat lange nicht mehr einschlafen können. Auf der Insel gibt es nur kleine Herden, er selber hatte fünf Kühe, die den Sommer lang auf der Weide grasten. Vorbei, alles vorbei.

In Fåborg besorgt er frische Lebensmittel und Fisch und lädt alles in den Lieferwagen. Als er langsam durch die Straßen läuft und Paare sieht und Kinder, verwünscht er die Tatsache, dass er auch noch dankbar sein muss für diesen Job. Er geht dicht an einer Schaufensterscheibe vorbei. Ja, das ist er, dieser kleine gedrungene Mann mit den schlohweißen Locken, die er selber schneidet, den zu kurzen Cordhosen, den abgetretenen Schuhen. Die Hose ist zu weit hochgezogen. Auf der Insel ist ihm das egal. Aber hier … Hier ist es, als wäre ein Vergrößerungsglas auf ihn und sein dummes Leben gerichtet. Das geht so weit, dass er stottert, als er sich später in einer kleinen Kneipe ein Bier bestellt. Er sieht auf die Uhr. Die Fähre geht in einer halben Stunde, gottlob, der Tag wird bald vorüber sein.

Er hat seinen Lieferwagen im Schiffsbauch geparkt, die Handbremse fest angezogen, ist nach oben aufs Deck. Die Sonne scheint immer noch, nur ist ihr Licht jetzt wärmer, beinah honigfarben, bescheint die vielen kleinen Inseln, die unbewohnt sind, der Sand leuchtet golden auf. Die Arbeiter sitzen in einer Gruppe zusammen um einen Tisch, sie trinken und rauchen, und er grüßt sie freundlich. Unten wird die Rampe hochgefahren, die Fähre legt ab, nimmt Fahrt auf, er schaut über das türkisgrüne Wasser, vom Wind zu kleinen Kämmen geriffelt, langsam, aber stetig entfernen sie sich von der Stadt, von dem Lärm, von den Menschen, von dem Gefühl des Scheiterns, von den Hirngespinsten, was hätte sein können oder hätte sein sollen, jetzt ist wieder alles so, wie es eben ist. Er kehrt heim. Er lehnt sich zurück, spürt die Sonne auf Kopf, Nacken und Schultern, da öffnet sich die Tür, und eine Frau tritt blinzelnd auf das Deck. Er hat sie noch nie gesehen, sie gehört nicht auf die Insel. Ihre kurzen dunklen Haare sind mit grauen Strähnen durchsetzt, sie muss in seinem Alter sein. Sie trägt Jeans und eine weit fallende, dunkelblaue Bluse. Ihr Blick geht über das Grüppchen der Arbeiter, fällt dann auf ihn, schweift weiter, kehrt zurück, sie schaut, fragend erst und dann nicht mehr fragend, eher so, als ob sie ihn kennte, ihre Mundwinkel heben sich zu einem schwachen Lächeln, und sie zittern, die Mundwinkel, und meine Güte, was ist er verwirrt. Verwirrt und gleichzeitig ganz ruhig. Er schaut zurück, und auch er lächelt. Einen Augenblick lang, grade den Moment zwischen dem Schlag der Wimpern, steht die Welt still, verrinnt keine Zeit. Dann wendet sie sich ab, geht zur Reling, legt ihre Arme darauf. Er nimmt die Biegung ihres Rückens wahr, an dem nichts Abweisendes ist, es müsste schön sein, mit der Fingerkuppe über die einzelnen Wirbel zu fahren. Er schließt die Augen und öffnet sie wieder. Nein, er hat nicht geträumt, sie ist noch da. Was will sie auf der Insel? Will sie dort Urlaub machen, hat sie sich ein Zimmer gemietet? Er wüsste niemanden, der Gäste aufnimmt. Auf jeden Fall bleibt sie über Nacht, sie sind auf der letzten Fähre. Sie wendet sich um, wieder treffen sich ihre Blicke, wieder lächeln beide. Steh auf, du Depp, sagt er sich, geh hin, sprich sie an. Doch er hat Angst, den Zauber zu zerstören. Auch er glaubt, dass er sie kennt, von vor ganz langer Zeit. Es gibt keine Fremdheit zwischen ihnen. Sie hat sich mittlerweile wieder abgewendet, läuft langsam über das Deck, schaut hierhin und dorthin, dann drückt sie auf den Knopf, der die Tür zum Innern des Schiffes öffnet, und verschwindet, vielleicht holt sie sich einen Kaffee, und immer noch sitzt er da und rührt sich nicht. Er hat das Gefühl, ganz viel Zeit zu haben. Er wird ihr die Insel zeigen, den feinen Sandstrand am Ende, die Stelle, wo sie so schmal wird, dass das Meer von beiden Seiten bis an die Straße heranreicht, er wird sagen: Nicht tief einatmen, hier stinkt das Wasser; er wird sagen: Wir haben nichts hier außer Stille, Wasser und Wind; und sie wird nicken und ihn verstehen. Er hat gar nicht gemerkt, dass die Überfahrt ihrem Ende zugeht, und fährt zusammen, als eine Frauenstimme aus dem Lautsprecher die Passagiere auffordert, zu ihren Autos zurückzukehren. Unten im Schiffsbauch steht sie neben ihrem Fahrrad, da, wo die Rampe heruntergefahren werden wird, und er, der der Erste in Fåborg war, wird nun der Letzte sein, der die Fähre verlässt, aber er kann nicht hin zu ihr und sagen: Warten Sie, oder: Wohin fahren Sie?, oder: Bleiben Sie, er kann einfach nicht, er ist wie gelähmt. Er hat zu viel Angst, dass die Luftblase aus Glück zerplatzt, dass er sich geirrt hat, dass alles Einbildung war, so etwas gibt es doch nicht, dass sich zwei Menschen kennen, die sich noch nie gesehen haben, also muss er zusehen, wie sie sich auf ihr Fahrrad schwingt und davonradelt, fest in die Pedale tritt, und diesmal drückt ihr Rücken etwas anderes aus. Enttäuschung. Ungeduldig wartet er, bis ein Wagen nach dem anderen an Land gefahren ist, aber als er dann endlich die schmale Straße zum Kaufladen hinter zockelt, ist sie verschwunden. Lars hilft ihm beim Ausladen, eine Zigarette zwischen den Lippen. Niels fragt: Gibt es seit neuestem jemanden auf der Insel, der Zimmer vermietet?, lässt seine Stimme beiläufig klingen. Na, die Madsens, soweit ich weiß, sagt Lars. Den Lieferwagen lässt Niels stehen, er gehört dem Laden. Er könnte jetzt heimgehen, sein Fahrrad holen, zu jenem Haus fahren, unauffällig mit den Madsens ins Gespräch kommen, sie ein bisschen ausfragen über die Frau, woher sie kommt, warum ausgerechnet Avernakø, und dann tut er es doch nicht, er verschiebt es auf den nächsten Tag, wo er den Müll einsammeln muss, er wird da zwangsläufig an jenem Haus vorbeikommen, ja, gut, er ist ein Feigling, aber es steht zu viel auf dem Spiel, im Grunde steht alles auf dem Spiel, also setzt er sich zu seiner Mutter an den Küchentisch, wartet, bis der Fisch fertig gebraten ist, ihr fällt es nicht auf, wenn er nichts sagt, sie reden nie viel. Danach holt er sich einen Stuhl und hockt sich in den Garten und weiß sie ganz in der Nähe, sie, die Fremde, sie schaut wie er den Mond an, der langsam über dem Meer aufgeht, hört wie er die Fasane rufen; und als dann die ersten Fledermäuse durch die Luft schwirren, ist er wieder froh. Wer verbietet ihm, am nächsten Morgen mit jenem Haus anzufangen, die Tour verkehrtherum zu machen? Er ist ja schließlich ein freier Mann! Er legt sich ins Bett und wagt kaum, sich zu sehnen, wagt sich kaum einzugestehen, dass seine Sehnsucht nun ein Gesicht hat, dass all die einsamen Nächte zu dieser Nacht geführt und somit einen Sinn bekommen haben. Der Schlaf will nicht kommen, aber wer braucht schon Schlaf!

Das Haus der Madsens liegt an der hinteren Spitze der Insel, direkt am Meer und an drei Seiten von Wald umgeben. Ein Schotterweg führt hin. Er hat seinen Anhänger an den Traktor gekoppelt und holpert auf das Haus zu, das von hier aus nicht zu sehen ist. Sein Herz rumpelt in seiner Brust. In der Regel bringen die Bewohner ihre zugebundenen Müllsäcke bis vor an Straße oder Weg, aber heute liegt noch kein Sack da, wahrscheinlich rechnen sie erst später mit ihm. Er lässt den Motor laufen und steigt ab, froh über das laute Rattern, das ihm Schützenhilfe gibt. Er klappt das Brett des Anhängers herunter, legt sich die Worte zurecht, wenn sie lächelt, wird alles ein Leichtes sein, wenn nicht, wird er sich lächerlich machen mit seinem Gestammel, wie auch immer, es muss sein, er gibt sich einen Ruck und dreht sich um. Und dann geht alles so schnell, wie es auf der Fähre langsam gegangen ist, wo er noch glaubte, Zeit zu haben, wo er noch glaubte, auch für ihn könne es so etwas wie Glück geben, einen zaghaften, herrlichen Augenblick lang, der sich für immer in sein Herz eingegraben hat, von dem er wird zehren müssen, sollte er jemals in der Lage sein, ihr das zu vergeben, was sie ihm jetzt antut: sie kommt auf ihn zu, ein hochgewachsener Mann ist an ihrer Seite, ein Wagen mit deutschem Kennzeichen steht vor dem Haus, sie stockt, sieht ihn, sieht den Anhänger mit den paar Müllsäcken, die er auf dem Weg hierher eingesammelt hat, schiebt demons-

trativ ihren Arm unter den des Mannes und lächelt Niels an. Es ist ein anderes Lächeln als auf dem Schiff. Es ist von oben herab, und es macht ihn kleiner, als er ohnehin ist, es ist fremd, grausam und demütigend. Es misst ihn, es urteilt ihn ab. Mit einem fröhlichen Hi! gehen beide an ihm vorüber. Und wieder ist es ihr Rücken, auf den er starrt, den er hassen würde, wenn er nur könnte, allein die Selbstachtung gebietet es schon, aber vernichtet, wie er ist, ist er nicht fähig zu Hass, auch deswegen, weil er noch etwas anderes in ihrem Gesicht erkannt hat, in ihren grauen Augen, die er zum ersten Mal aus der Nähe gesehen hat, die einen kleinen goldenen Stern in der Mitte haben, die weit aufgerissen waren, Augen, die der Spiegel der Seele sind, wie man sagt, und die seine kurz trafen:
Angst.

meine mutter und ich

Meine Mutter und ich, wir sind die letzten unserer Art. Wenn sie tot ist, wenn ich tot bin, kommt keiner mehr.

Im Haus meiner Mutter gibt es keine weichen Teppiche. Dafür ein paar verschlissene Läufer, mit Fransen. Unter den hohen Stuckdecken, in den dunklen Winkeln, lastet das Schweigen. Das Haus ist vollgestopft bis unters Dach, vollgestopft mit all dem, was sie nicht wegwerfen kann. Vasen. Krüge. Möbel, die seit dem Tod meines Vaters nicht mehr gebraucht werden. Seine Wäsche, seine Mäntel. Seine Bücher. Sein Schreibtisch. Das kalte Licht der Lampen leuchtet jeden Winkel aus. Sammeltassen stapeln sich, alte Schuhe, sauber in die Kartons verpackt, in denen sie gekauft wurden. Meine Mutter hortet. Warum hast du den Putzlumpen weggeworfen, Margarete, sagt sie anklagend, er war doch noch gut. Nein, sage ich, er war dünn und verschlissen, und er hatte Löcher. Du schmeißt alles weg, sagt sie im Ton des Vorwurfs. Ich sage, wir kaufen einen neuen. Sie sagt, kommt nicht in Frage. Dafür gebe ich mein Geld nicht aus. Schau, dass du ihn wiederfindest. Die Müllabfuhr war noch nicht da.

Im Haus meiner Mutter weht kein frischer Wind. Nie öffnet sie die Fenster. Das Schweigen und die abgestandene Luft und der Staub hängen in den Räumen. Bei einem meiner letzten Besuche habe ich gesagt, Mutter, es riecht seltsam. Da hat sie schnell den Kopf geschüttelt. Das ist die Waschlauge, hat sie gesagt. Ich habe heute Morgen Kleider eingeweicht. Warum benutzt du nicht die Waschmaschine?, frage ich. Strom ist teuer, sagt sie.

Draußen ist es dunkel, und der Zug, der mich zu meiner Mutter bringt, gleitet fast geräuschlos durch die Nacht. Hin und wieder blitzen Lichter auf, Städte, Dörfer, Menschen sehe ich an Fenstern sitzen, ganz kurz nur, dann saugt die Bahn das Licht in sich auf, gleitet weiter durch Felder und Hügel, die schwarz liegen wie das Meer bei Nacht. Sie, meine Mutter, ist im Krankenhaus. Auf allen Vieren ist sie aus dem Garten die Treppe hoch zum Telefon gekrochen, hat mich angerufen mit einer Stimme, die mich ins Mark erschreckt hat, so von weit her klang sie, als hätte meine Mutter schon den Tod gesehen. Sie ist einundneunzig, meine Mutter. Sie hat die Fliesen der großen Terrasse hinter ihrem Haus tagelang mit einer Wurzelbürste bearbeitet. Sie hat Eimer mit Tonfarbe gekauft und ins Haus geschleppt, mit der sie die Fliesen streichen wollte. Und ist zusammengebrochen. Ich habe veranlasst, dass ein Rettungswagen sie ins Krankenhaus bringt. Vor kurzer Zeit noch hätte ich das Flugzeug nehmen müssen, um zu ihr zu gelangen. Habe ich doch immer weit weg gelebt. Amerika. Japan. Doch jetzt bin ich zurück. Ich habe keine Geschwister. Und keine Kinder. Mein Vater ist seit langem tot. Wir müssen das nun zu Ende bringen, sie und ich.

Im Gepäck habe ich Plastikdosen. Jede Menge Plastikdosen. Denn sie gibt mir jedes Mal, wenn ich sie besuche, Eingewecktes mit: Apfelkompott, eingelegte Tomaten, Erdbeerkonfitüre. Manchmal auch Fleisch, das sie als Sonderangebot erstanden und für mich vorgekocht und eingefroren hat. Oder rohe Milch. Unmengen von Milch. Sie behauptet, nur in ihrem Dorf gebe es gute gesunde Milch. Wie oft schon sind mir die Kannen im Auto umgefallen, und es hat nach Käse gestunken, wochenlang. Daheim koche ich die Milch ab und fülle sie in Flaschen. Die Kannen und Dosen spüle ich sorgsam aus. Sie zählt sie, wenn ich abreise, und sie zählt sie, wenn ich zurückkomme. Sie wird im Krankenhaus danach fragen. Ich kenne meine Mutter. Meine Mutter ist in meinem Organismus. Ihr Blut läuft durch meine Adern, ihre Gedanken sind in meinem Kopf. Ich sehe nach draußen, und mein Spiegelbild bleckt mir die Zähne. Ich sehe ihr ähnlich. Ich sehe viel älter aus, als ich bin. Ich habe dieselben grauen wirren Locken, dieselbe gerade Nase, dieselben großen Zähne, dieselbe harte steile Falte über der Nasenwurzel. Aber einen Unterschied gibt es: sie ist zäher als ich. Sie ist nicht totzukriegen. Sie wird jahrelang sterben. Sie bezieht ihre Kraft aus meiner Substanz. Saugt mich aus wie ein Blutegel. Ich habe Rückenprobleme; sie nicht. Sie steht kerzengerade; ich stehe gebückt. Sie lässt sich mein Rückenmark auf der Zunge zergehen.

Dann, vor ein paar Wochen, habe ich die Klinke zu ihrem Schlafzimmer heruntergedrückt. Meine Mutter war im Keller. Es stank nach Urin. Sie muss inkontinent sein. Ich habe Berge von Wäsche ins Badezimmer gebracht. Ich habe zehn Ladungen gewaschen. Mit der Maschine. Aus der Maschine kommt ein Schlauch, den man über den Rand der Badewanne hängen muss. Dazu muss man die Maschine bewegen, weil der Schlauch zu kurz ist, und sie ist sehr schwer. Deswegen also wäscht sie mit der Hand. Nicht nur wegen dem hohen Strompreis. Offenbar schämt sie sich. Meine Mutter schämt sich vor mir. Das ist neu. Aber ich bin zu müde, um darüber nachzudenken. Klobrille gibt es auch keine mehr. Ich sage, wir kaufen eine neue. Sie sagt, es geht auch ohne. Auf dem Klorand sind Urinflecken, gelblich, einzelne Haare hängen darin.

Die Abteiltür wird aufgeschoben. Eine junge Mutter und ein kleines Mädchen kommen herein. Ist hier noch frei?, fragt die Mutter, und ich nicke höflich. Sie verstauen ihr Gepäck im Netz und setzen sich hin, mir gegenüber. Das Kind legt seinen Kopf an die Schulter der Mutter und schließt die Augen. Ich sehe es an. Es schläft. Die Mutter sitzt still, ganz still. Ich merke, dass ich mit den Zähnen knirsche. Nachts tue ich das auch, im Schlaf. Und ich werfe meinen Kopf hin und her. *Ranschen* nannte das meine Mutter. Junge Katzen treten gegen die Brust ihrer Mutter, dass Milch kommt. Ich *ransche* mit dem Kopf.

Ich bin höflich. Immer wieder sagt man, wie höflich Margarete ist. Höflich und korrekt. Ich bin mit meiner Mutter in der Straßenbahn, und sie schreit den Fahrer an. Dass er zu ruckartig fahre. Aller Augen sehen nach vorn. Ich möchte im Boden versinken. Sie ruft, da zahlt man einen so hohen Fahrpreis und dann das. Ohne Rücksicht auf Verluste. So ist die heutige Jugend. Warten Sie mal, bis Sie älter sind. Der Fahrer schüttelt den Kopf.

Der Tag besteht aus Pflichten. Aufgaben, die man abarbeiten muss. Teppiche klopfen. Wäsche waschen. Bett beziehen. Einkaufen gehen. Aber nur das Nötigste. Sonderangebote. Obst und Gemüse liefert ihr Garten. Abends: Strümpfe stopfen. Sie kneift die Augen zu Schlitzen zusammen, und ich sage, du verdirbst dir die Augen. Da sitzt sie unter der lächerlichen Stehlampe und stopft mit zusammengebissenen Zähnen. Das Deckenlicht ist aus. Sie sitzt in dem matten runden Lichtkegel und führt mit zitternden Fingern den Faden durch das Nadelöhr.

Einmal im Schlafzimmer, habe ich alle Türen des mächtigen Einbauschranks aufgemacht. Meine Eltern haben ihn nach ihrer Hochzeit angeschafft. Möbel kauft man fürs Leben. Ich finde Unterwäsche. Ausgeleierte, unsäglich formlose Schlüpfer, die muffig riechen. Handtücher, die dünn und hart sind wie Sperrholz. Verblichene Bettwäsche mit Karomuster. Sauber, Kante auf Kante, geordnet. Mottenkugeln fallen mir entgegen. Daneben hängen ihre Kittelschürzen auf Kleiderbügeln. Und ihre zwei Faltenröcke. Einer dunkelblau, für gewöhnliche Anlässe. Einer schwarz, für besondere. Ein paar vergilbte Blusen. Ich öffne eine weitere Tür: alte Schurwollbettdecken mit gelbbraunen Flecken. All das werde ich ausmisten müssen, wenn sie tot ist. Wochen werde ich brauchen. Mein Mann wird sagen: Lass einen Container kommen und wirf alles rein.

Meinen Mann mag sie nicht. Sie hat gesagt: Er ist nur angeheiratet, er gehört nicht zur Familie. Sie redet nicht mit ihm. Tut, als sei er nicht da. Dabei ist er groß und nicht zu übersehen. Er ist Chemiker. Sehr erfolgreich. Er sagt, warum rennst du immer hin zu ihr, sie hat es nicht verdient. Ich sage: Aber sie ist meine Mutter. Ich weine. Er sagt: Ich finde es falsch, dass du dich so reinstresst. Bleib bei mir, da gehörst du hin. Mein Mann ist keiner von den Zärtlichen. Das liegt ihm nicht. Er hat vor dreißig Jahren gesagt: Du und ich, wir bauen was auf. Dazu steht er. Er steht zu allem, was er einmal beschlossen hat. Da wird nichts mehr in Frage gestellt. Mir kann's recht sein. Auch ich bin keine von den Zärtlichen. Das ist mir nicht wichtig. Wir passen zusammen. Nur Söhne hätte er gern gehabt.

Wie meine Mutter mich früh geweckt hat, als ich noch klein war: Kam ins Zimmer, zog ratsch, rasselnd und mit einem Ruck den Rollladen hoch. Ich saß aufrecht und erschrocken im Bett. Blinzelte ins Tageslicht, das kalt war und hell. Ich fror. Auch im Sommer fror ich. In der Küche gab es blutfarbenen Tee. Und Haferflocken, schnell, schnell, du musst in die Schule. Die Mutter war schon bei der Arbeit. Stand in ihrer Kittelschürze am Herd, schnitt Kohl aus dem

Garten. Wie ich Kohlsuppe verabscheute. Aber was auf den Teller kam, wurde gegessen. Wenn die Zucchinis reif waren, aßen wir wochenlang nichts anderes.

Das kleine Mädchen ist weich gegen die Mutter gesunken, und sie legt seinen Kopf auf ihren Schoß. Das kleine Mädchen murmelt im Schlaf, und die Mutter lächelt. Der Zug bremst, und es riecht nach verbranntem Gummi. Das wäre was: ein Zugunglück. Die Tochter stirbt vor der Mutter. Da hätte sie niemanden mehr, den sie herumkommandieren kann. Sie hat im Dorf keine Bekannten. Sie lebt ganz für sich, in ihrem großen Haus. Mein Mann sagt: Sie hat sich nie um Kontakte gekümmert, und jetzt hängt alles an dir. Sie hätte dafür sorgen sollen, dass sie im Alter nicht allein ist. Hätte sie, sage ich, hat sie aber nicht. Und nun? Soll ich sie allein lassen? Mein Mann sagt: Tu sie in ein Pflegeheim. Sie weigert sich, sage ich ruhig. Wenn du nicht mehr hinrennst, sagt mein Mann, wird ihr nichts anderes übrigbleiben. Das kann ich nicht, sage ich und weine. Verstehst du das nicht? Nein, sagt mein Mann. Das verstehe ich nicht. Und er sagt: Bleib bloß nicht zu lange dort. Du hast eine Ehe zu führen.

Mein Vater war groß und schweigsam. Er starb, als ich vier war. Hat sich davongemacht. Er hat mich mit ihr allein gelassen. Einmal saß ich auf seinem Schoß, hatte Buntstifte in der Hand, und malte. Malte große schwarze runde Augen. Immer nur Augen. Mal einen Mund hin, der lächelt, hat er gesagt. Aber ich wollte nicht. Mach du's, habe ich gesagt. Er hat meine Hand mit dem Stift in seine Hand genommen und gesagt: Punkt, Punkt, Komma, Strich, und fertig ist das Mondgesicht. Aber auch dieser Mund hat nicht gelächelt. Da haben wir es aufgegeben. Er hat mich auf den Boden gestellt und: Geh spielen, gesagt. Kurz darauf ist er gestorben.

Magenkrebs. Er hat zu viel in sich hineingefressen, nehme ich an.

Man hat ihr einen Herzschrittmacher eingesetzt. Sie wird die Schwestern herumscheuchen. Und ich kann es dann wieder gradbiegen, kann Trinkgelder verteilen, beruhigende Worte finden. Meine Mutter ist krank. Meine Mutter war ihr Leben lang nie krank. Das wird sie uns spüren lassen. Ich überlege kurz, wähle die Nummer ihres Zimmers. Ich werde leise sprechen, dass das kleine Mädchen nicht aufwacht. Eine Schwester nimmt ab. Wie geht es ihr, frage ich, ich bin die Tochter. Die Schwester seufzt. Sie darf nicht aufs Klo. Aber sie weigert sich, die Bettpfanne zu benutzen. Und nun?, frage ich. Wir warten, bis sie platzt, sagt die Schwester. Nehmen Sie mir's nicht übel. So eine hatten wir noch nie. Eine harte Nuss. Eine wirklich harte Nuss. Ich weiß, sage ich besänftigend. Ich weiß, wiederhole ich. Was soll ich auch sagen? Sie schimpft wie ein Rohrspatz, sagt die Schwester. Als wäre es unsere Schuld. Wir haben sie fixieren müssen, sagt die Schwester. Ich hoffe, Sie haben Verständnis. Habe ich, sage ich eilfertig. Ich habe volles Vertrauen zu Ihnen. Ich bin in ein paar Stunden da, ich sitze im Zug. Was sagt der Arzt? Sie wird nicht mehr die, die sie mal war, sagt die Schwester. Soviel ist klar. Das denke ich auch, sage ich. Ich danke Ihnen. Und lege auf.

Sie wird nicht mehr die, die sie mal war. Ich habe Magenschmerzen. Immer wenn es schlimm wird, schlägt es mir auf den Magen. Das habe ich von meinem Vater. Ich zwinge mich, ruhig zu denken. Ins Pflegeheim will sie nicht. Nachhause gehen kann sie nicht. Bleibt nur eine Möglichkeit: Sie muss zu uns. Nein, hat mein Mann gesagt, das kommt nicht in Frage. Sie oder ich. Wenn du sie holst, bin ich weg. Ich weiß, dass er es ernst meint. Also was? Wenn ich eine Pflegerin organisiere, die täglich ins Haus kommt? Keine wird lange bleiben. Keine wird es bei ihr aushalten.

Und immer sagt sie, die anderen haben Schuld. Sie ist bitter. Sie ist eine zu kurz Gekommene. Sie war ein uneheliches Kind von einem belgischen Kriegsgefangenen, den sie nie gesehen hat. Die Grippe-Epidemie wütete. Das war 1918, und sie war ein Baby. Auch sie erkrankte und schlief vier Wochen lang. Hinterher sagte man: Ach, wärst du nur gestorben. Ihre Mutter bekam noch ein Kind, ein eheliches diesmal. Sie selber lernte Hauswirtschaft und ging in Stellung. Als sie den ersten Lohn bekam, erschien ihr Bruder. Deine Leute brauchen das Geld für die Sau, die krank ist. Die Opernsängerin, bei der sie arbeitete, hat gesagt: Aber neue Schuhe könntest du dir anschaffen. Es wird bald kalt. Doch das Geld war weg. Für die Sau. So war das, Margarete, sagt sie bitter. Du weißt gar nicht, wie gut du es hast. Ich schlucke und fühle mich schuldig.

Das kleine Mädchen wacht auf und schaut mit großen Augen um sich. Es fragt, ob es die kleine Leuchte über dem Sitz anmachen darf, und die Mutter nickt. Sie lächelt mich an. Ganz weich und ohne Arg. Das Mädchen krabbelt auf ihren Schoß, und sie legt die Arme um den kleinen Körper. Geborgen schmiegt es sich an die Brust der Mutter. Ich kann meinen Blick kaum von beiden wenden. So etwas gibt es also, denke ich. Für mich ist das eine Offenbarung, nichts mehr und nichts weniger. Ich habe das seltsame Gefühl, dass sich meine Konturen auflösen. Dass ich zu Luft werde. Gottseidank nur kurz, einen schwebenden Augenblick lang. Jetzt bin ich wieder ich selber, und ich schaue aus dem Fenster, bemühe mich, nicht das Spiegelbild der beiden zu sehen, sondern die dunkle Landschaft draußen, über der nun die schmale Sichel des Mondes hängt. Ich versuche, an etwas zu denken, das meiner Mutter Freude gemacht hat. Der Himmel, fällt mir ein. Sie hat gern den Himmel angesehen. Die tintigen Wolken vor einem Gewitter, das endlose Blau an einem Sommertag. Das besonders. Sie hat den Kopf in den Nacken gelegt. Das ist schön, hat sie gesagt. Man denkt, man kann fliegen. Doch sie war schnell wieder auf dem Boden. Hat gesagt, der Garten ist voller Unkraut, ich muss mich ans Werk machen.

Ich sehe auf die Uhr. Da läutet das Telefon. Meine Mutter weint. Hol mich hier raus, flüstert sie. Ich sage: Du musst durchhalten, Mutter. Es wird dir bald besser gehen, und dann kannst du wieder nach Hause. Ich muss in den Garten, sagt sie. Keiner macht die Arbeit, wenn ich weg bin! Daran darfst du jetzt nicht denken, sage ich. Aber natürlich hört sie mir nicht zu. Nie kommt die Schwester, wenn man sie ruft, sagt sie anklagend. Ich klingle dauernd, und meinst du, sie halten es für nötig und kommen? Sie sitzen sicher in der Küche und trinken Tee. Und ich muss auf die Toilette. Du musst die Bettpfanne benutzen, sage ich. Niemals!, ruft sie. Ich kann aufs Klo! Nun fall du mir auch noch in den Rücken! Der Arzt sagt, du darfst noch nicht aufstehen, sage ich besänftigend. Immer höflich, immer verständnisvoll. Papperlapapp!, sagt sie. Ich frage mich, ob ich jemals gegen sie aufbegehrt habe. In der Pubertät? Nein. Ich habe immer nach Kompromissen gesucht. Mein Mann sagt, du lässt dir auf dem Kopf rumtrampeln. Ich bin bald bei dir, sage ich tröstend. Meine Mutter schweigt. Mutter? Ich habe nie Mama gesagt. Das fand sie primitiv. Und sie sagte nie Gretl. Oder Grete. Auch mein Mann sagt immer Margarete. Hat mein Schätzchen Hunger?, sagt die Mutter zu dem kleinen Mädchen. Es schaut mich auf eine Art an, dass ich wegsehen muss. So unverwandt, so tief in meine Seele hinein. Schau da nicht hin, denke ich. Da ist nichts. Meine Mutter hat aufgelegt.

Die Frau hat zwei Brötchen ausgepackt, und die beiden essen. Nachhause kann meine Mutter nicht. Ins Pflegeheim will sie nicht. Im Krankenhaus bleiben für immer wird sie nicht. Sie muss zu uns. In meinem Kopf dreht sich ein Mühlstein. Sie muss zu uns nachhause. Aber das will mein Mann nicht. Sie oder ich, sagt er. Ich sehe auf die Uhr. Noch zehn Minuten. Das kleine Mädchen kaut. Draußen blitzen Lichter, und es werden immer mehr. Nachhause kann sie nicht. Ins Pflegeheim will sie nicht. Zu uns darf sie nicht. Mein Mann hat recht. Hat mein Mann recht? Sie wird nicht wieder gesund. Schnell sterben wird sie nicht. Ich kenne sie. Sie ist zäh. Da fällt mir ein: Sie hat vergessen, nach meiner Katze zu fragen. Es scheint ihr wirklich schlecht zu gehen.

Draußen: ein Lichtermeer. Der Zug wird langsamer, und die Mutter packt das Papier weg, steht auf, holt das Gepäck aus dem Netz. Wenn sie alt ist, was wird dann sein? Wird das kleine Mädchen sich um sie kümmern? Wird es einen Mann haben, der sagt, sie oder ich? Auch ich erhebe mich langsam. Streiche meinen Rock gerade. Meinen Faltenrock, dunkelblau. Im Fenster sehe ich, wie gebückt ich dastehe. Ich versuche, die Schultern zu straffen, aber wie von allein sacken sie wieder nach vorn. Ich bin fünfundfünfzig. Kein Alter. Und ich habe keine Tochter. Aber ich habe einen Mann, der mich im Pflegeheim besuchen wird. Zumindest ist das anzunehmen. Das ist doch ein Trost, oder nicht?

Der Zug fährt mit quietschenden Bremsen in den Bahnhof ein. Ich sehe Plakattafeln, Bänke, einen Kiosk. Ob es dort schwarzen Kaffee gibt? Ich stelle mir vor, wie das heiße Getränk durch meine Kehle rinnt. Ich nehme mein Handy und stelle es ab. Langsam steige ich aus. Langsam gehe ich auf den Kiosk zu. Der Kaffee ist heiß und süß und gut. Ich sehe auf die Uhr, dann auf die Tafel, wo die Züge angekündigt werden. Die Zahlen verschwimmen vor meinem Blick, werden wieder klar. In einer halben Stunde fährt ein Zug dahin, woher ich gekommen bin. Ich habe noch etwas Zeit, und ich kaufe mir ein Brötchen und esse es, und die Sauce rinnt an meinem Kinn herunter. Dann fahre ich mit der Rolltreppe in die Unterführung, laufe durch den dunklen Gang, in dem es nach Urin riecht, wie im Haus meiner Mutter, dem großen, stillen, leeren Haus, fahre eine andere Rolltreppe wieder hoch. Die Tüte mit den Plastikdosen werfe ich in den Müll. Der Zug wartet schon. Warm ist es im Abteil, sehr angenehm, und der Sitz aus rotem Plüsch ist weich. Der Zug fährt mit einem Ruck los, einem Ruck, der durch mich hindurchgeht. Ich sehe auf die Uhr. Noch vier Stunden. Vier Stunden, die mir gehören. Nur mir allein.

ali baba

Klar essen die beiden Hübschen artig ihr dämliches Ökomüsli, lassen sogar zu, dass Mutti ihnen noch ein Äpfelchen und ein Banänchen hineinschnippelt, sie sollen ja gesund bleiben und vielleicht sogar eines Tages groß und stark werden, wonach es im Moment eher nicht aussieht, so dünn und hämpfelig, wie sie sind, ganz nach Mutti und Vati kommen, immer wieder kriegt er zu hören, sie, die Ariane, was für ein Scheißname, ist ihrer Mutti wie aus dem Gesicht geschnitten, und der Thorleif ein Abbild des Vaters, Ariane und Thorleif, du meine Güte, und er dagegen: Max. Nicht Maximilian, einfach Max. Hätte er einen Zwillingsbruder, hieße der wohl Moritz. Hat er aber nicht. Einen ganzen Packen Halbgeschwister hat er, das ja, aber keinen Zwillingsbruder, dem Moritz ist einiges erspart geblieben, die Gürtelhiebe vom Vorabend zum Beispiel, endlich ist der Alte mal aus sich rausgegangen, war fast schon zum Lachen, wie er sich den Gürtel aus der Jeans zog, die dumme Schnalle war im Weg, ruck, verdammt, dann zischte der Gürtel durch die Luft, die Klamotten hat er anbehalten dürfen, war wohl auch nicht genug Zeit dazu, der Peitschenhieb tat trotzdem weh, war ihm egal, Zähne zusammen, den Gefallen würde er ihm nicht tun, zu flennen anzufangen, wie Thorleif sicher flennen würde. Der liebe Vati heulte schließlich wie ein altes Weib, Rotz lief ihm aus der Nase, er krümmte sich auf dem Stuhl, während er, Max, ihn bloß anstarrte, so wie der gepolt war, erwartete er sicherlich noch, dass Max hinging und ihm seine dünnen dunkelbraunen Haare streichelte und ihn in den Arm nahm und tröstete. Was für ein Witz. Max drehte sich um, sah sein Gesicht im Spiegel. Blond, hellblaue Augen, er kannte niemanden, der solche Augen hatte, blau wie ein Winterhimmel oder wie eine Pfütze auf einem gefrorenen See und dieser Winterhimmel drin, flächige Wangen, ein dicker Rüssel, der Elefant unter den Antilopen, groß, größer schon als Vati, viel breiter in den Schultern, massig, ein Elefant eben mit großen Ohren, die ein wenig abstanden, einmal hatte ihn ein Lehrer daran gezogen, was verboten war, Vati war flugs rein in die Schule und hatte sich beschwert, hatte gar nicht gemerkt, dass es ihm egal war, ob er reinlief und sich beschwerte oder nicht. Alles war ihm egal. Elefantenhaut eben. Er grinste sich zu im Spiegel. Gelbe Zähne. Mutti: Du musst dir die Zähne putzen, Kind, Liebes, versuch's doch, gib dir früh und abends einen Schubs und versuch's, irgendwann geht es dir in Fleisch und Blut über, sagte die Antilope und entblößte ein ebenmäßig weißes Gebiss. Zum Gräschenzupfen. Er hingegen brauchte Fleisch. Kind, Liebes, du machst mich noch arm, du hast ja keine Ahnung, was Biofleisch kostet, und mir kommt nur Biofleisch ins Haus, man muss ja an die armen Tiere denken. Klar. Alles Bio bei ihnen. Alles tipptopp bei ihnen. Perserteppiche, Holzböden, Strahlerlampen, schwere Vorhänge. Gut für das zierliche Getier, aber er: Sobald er die Tür aufriss, flötete Mutti: Zieh dir bitte die Schuhe aus, Liebes, und räum deinen Ranzen auf, häng deine Jacke bitte auf, bittebittebitte, scherte ihn einen Dreck, ihr Geflöte, bei Mama ging's schließlich anders zu, da ließ man alles fallen, wo man ging und stand, glaubte er, war schließlich Platte, wo sie wohnte, eines Tages würde er hin und sagen: Ich zieh' zu dir, ich hab's satt bei denen, sie würden ihren Typen rausschmeißen, und alles wäre gut. Der Tag würde kommen. Max trainierte mit Hanteln, schluckte auch ein bisschen was, im Fitnessstudio kam man problemlos an Anabolika ran. Keine Ahnung hatten Mutti und Vati von seinem wirklichen Leben. Beim Klauen wurde er nur selten erwischt, wenn aber doch, gab's Tränen bei Mutti und Hausarrest bei Vati, und dann abends redeten sie leise über ihn und hatten keine Ahnung, dass er hinter der Tür stand und zuhörte, grinste, keinen Rat wussten sie sich mehr, wo soll das nur mit ihm hingehen, wir müssen mit seinen Lehrern reden, die Therapie scheint überhaupt nichts zu nützen, er muss Tabletten kriegen, unbedingt, er macht uns noch alle kaputt, grins, grins, dabei meinen wir es doch nur gut mit ihm, warum versteht er das nicht? Wir geben ihm alles, eine gute Familie, eine gute Ausbildung, andere würden sich die Finger danach lecken, er würde sich ganz schön umschauen, wenn er bei seiner Mutter lebte, da wär' doch klar, dass er auf die schiefe Bahn geriete, aber so, bei uns, heul, was machen wir nur falsch? Vati schlägt Strenge vor, klare Strukturen, Pflichten. Hausaufgaben von bis, Blätterrechen von bis, Fernsehen nur von bis, streng reglementiert, dass er auf keine dummen Gedanken kommt. Vati geht früh aus dem Haus, und dann muss Mutti für das „von bis" sorgen, und mit der wird er sowas von fertig. Oben klappt eine Tür, er geht in die Küche und rumpelt laut drin rum, eigentlich müsste er gar nicht mehr lauschen, es ist eh immer dasselbe, und dennoch tut er's immer wieder, ist wie eine Sucht. Scheiße, jetzt hat er einen Teller runtergeschmissen. Und schon ist das Antilopenschwesterchen neben ihm, holt Schaufel und Besen, ruft: Ich mach' das schon, kehrt die Scherben zusammen, er schaut auf ihr dunkelbraunes seidiges Haar, denkt dran, wie er ihr eine Windel ins Gesicht gedrückt hat, als sie ein paar Wochen alt war, wie Mutti um die Ecke schoss, klar, Mutterinstinkt, und sie ihm aus der Hand riss, da war Mutti glatt mal ein bisschen böse. Ein paar Monate vorher: Man hat uns gesagt, wir könnten keine Kinder bekommen, Mutti im Strickkostüm, Mutti immer im Strickkostüm, durchgedrücktes Kreuz, und jetzt bin ich doch schwanger, komm, leg mal deine Hand auf meinen Bauch, sie hatte Sonnenschein pur im Gesicht, hinter den Augen eine Kerze, aber das heißt gar nicht, dass für dich irgendetwas anders wird, du bist unser Großer und wir haben dich lieb, und zu dem Schwesterchen gesellte sich alsbald ein Brüderchen, und für ihn wurde nichts anders, er war immer noch ihr Großer und sie hatten ihn lieb. *My ass.* Er ist schließlich nicht blöd. Immer dieses Gesülze, wie lieb sie ihn hätten. Wenn er mal ein bisschen Hausaufgaben macht, sagt Mutti: Ich bin so stolz auf dich, siehst du, du schaffst das doch, dann stellt er sich vor, wie sie unter ihrer Haut aussieht, Knochen, Sehnen, Blut, und er muss schlucken, weil er einen Kloß im Hals hat. Lieber hätte er gekotzt, als seine Hand auf ihren Bauch zu legen. Von dem Tag an war alles klar. Er zieht eine Spur der Verwüstung hinter sich her, klagte Mutti leise abends im Wohnzimmer, er macht die Küchenschränke auf und holt alle Töpfe raus und lässt sie stehen, er ist doch schon sieben. Peinlich, dass er eingenässt hat. Sie sind drüber weggegangen, aber das macht doch nichts, Liebes, das wird sich schon geben. Die Antilopenmutti ging ein bisschen in die Knie, denn plötzlich hatte sie drei Kinder, und Vati musste abends den Haushalt machen und kochen, dabei war Vati müde, wie dumm wie dumm. Er ist so anders, klagte Mutti, abends im Wohnzimmer, schluchz, schluchz, ich hab' immer gedacht, ein Kind ist ein Kind, das hat man lieb und alles ist gut, was dann kam, dafür war das Wort Schluchzen zu gering, er verstand schon, wie gesagt, blöd ist er nicht. Er hat schon sehr früh sehr viel verstanden. Er streicht sich dick Nutella aufs Brot. Sie haben irgendwann nachgegeben, denn wenn er kein Nutella bekam, hat er einfach gar nichts gegessen, das Kind muss doch was im Bauch haben, wenn es in die Schule geht! Böser Blick von Vati. Du bist zu weich, sagte er zu Mutti. Er hat noch gesagt: Nimm dir ein Beispiel an deinen Geschwistern, dann hat er die Zeitung hochgenommen und gelesen. Mutti schaut Max an: Du hast Ringe unter den Augen, hast du schlecht geschlafen? Er nickt. Er hat einen *Nintendo*, auf dem hat er unter der Decke gespielt. Sie weiß nicht, dass er einen hat. Dann musst du heute Abend ein bisschen eher ins Bett, sagt sie, und wieder nickt er. Ariane lächelt ihn an. Er hat sie manchmal im Verdacht, Mitleid mit ihm zu haben. Mutti: Alle haben gesagt, dass er von klein auf wissen muss, dass er adoptiert ist! Das Übliche, Max hinter der Tür. Eigentlich wär' Ariane süß, wenn sie nicht – wie nennt man das, Halbschwester? Nee. Stiefschwester? Ach, keine Ahnung, er tritt ihr unter dem Tisch gegen das Schienbein, fast zärtlich. Sie verpetzt ihn nicht, zuckt nur zusammen. Vati lässt die Zeitung sinken. Was ist heute dein Plan?, fragt er. Schule, sagt Max. Dann Psycho. Vati seufzt. Gibt sich einen Ruck. Mir – ist gestern die Hand ausgerutscht, sagt er. Tut mir leid. Dem Psychologen musst du nichts davon erzählen. Der würde zu ganz falschen Schlussfolgerungen kommen, verstehst du? Klar, sagt Max. Vati scheint erleichtert, legt die Hand auf seinen Arm. Kommt in den besten Familien vor, sagt er. Was, fragt Max, kommt in den besten Familien vor? Vati wirkt irritiert. Krach, sagt er. Ach so, sagt Max. Vatis Augen verengen sich zu Schlitzen, er wendet sich ab. Ich muss, sagt er. Er küsst Mutti auf die Wange. Bis heute Abend, Schatz, sagt er. Tschüss, Kinder. Thorleif und Ariane sagen auch Tschüss. Max nicht. Ich bestehe darauf, dass du pünktlich in der Schule bist, sagt Vati noch zu ihm. Ich hab' keine Lust, schon wieder in einen Elternabend zu rennen. Max senkt den Kopf, murmelt: Mach ich. Hauptsache, der Alte zieht endlich Leine. Tut er auch.

Max hat seinen morgendlichen Auftritt mittlerweile drauf wie sonst was. In der Schule läuft er leise über die mittlerweile leeren Gänge und schaut auf die Uhr. Seit zehn Minuten ist Unterricht. Vor seiner Klasse bleibt er stehen, lauscht. Die Stimme der Lehrerin. Frau Mendler. Bio. Tut so, als wär' ihr Fach das interessanteste überhaupt. Er reißt die Tür auf. Gelächter. Sie haben schon auf ihn gewartet. Er schlendert zu seinem Platz und fläzt sich auf den Stuhl. Frau Mendler macht einfach weiter. Nimmt ihn plötzlich dran. Ich bin heute leider unpässlich, sagt er. Die Klasse wiehert. Frau Mendler trägt eine Sechs ein.

Dann legt er seine Arme aufs Pult, den Kopf drauf, und schläft noch ein bisschen. In der Pause ist er allein, er hat null Bock, sich auf das Niveau der anderen hinabzubegeben. Er weiß viel mehr vom Leben als sie. Sie sind – harmlos. Sie haben keine Ahnung von irgendwas. Sie ähneln Thorleif und Ariane. Alles, was sie tun, prallt an ihm ab. Da geht er doch lieber eine rauchen! Er lehnt sich an ein Auto und schließt die Augen und hängt seinen Gedanken nach. Als er klein war, ist Mama mal mit ihm in den Zoo. Das heißt, mit ihm und ihrem Typen und ihren drei Kindern. Seinen Halbgeschwistern. Die viel älter sind als er. Er hatte damals nicht kapiert, warum sie ihn nicht behalten hat, Mutti und Vati haben gesagt, sie hat es versucht, aber sie hat es nicht geschafft. Sie haben gesagt, ein viertes war jenseits ihrer Möglichkeiten. Was nicht bedeuten würde, dass sie ihn nicht am liebsten behalten hätte. Was nicht bedeutete, dass sie ihn nicht liebte. Et cetera. Jedenfalls, damals im Zoo, hat sie ihn an der Hand nehmen wollen, aber das hat der Typ nicht erlaubt. Er hat dauernd auf die Uhr gesehen. Er hat gesagt: Friss nicht so viel, zu ihr, versteht sich, als sie die Pommes von einem der Kinder auch noch aufgegessen hat. Dafür hat er ein Bier ums andere gesoffen. Mama hat Max angelächelt und ihm über die Haare gestrichen, als der Typ pinkeln gegangen ist. Dann hat sie plötzlich zu weinen angefangen. Heul nicht, hat der Typ gesagt, als er wieder da war, und sie hochgezogen. Wir sind spät dran, und heute Abend ist Heimspiel. Der Typ ist nicht sein Vater. Seinen wirklichen Vater kennt er nicht. Jetzt, rauchend hinter dem Auto verborgen, beschließt er: Er wird es rauskriegen, wer er ist und wo er wohnt. Und dann wird er sich vor ihm aufbauen und ihm mal gewisse Dinge stecken. Mutti und Vati haben ihm gesagt, dass Mama ihn, Max, mit einem Jahr weggegeben hat. Weil sie es nicht mehr schaffte. Weil sein Vater – immer, wenn er den erwähnt, reden sie nicht weiter. Max denkt, der hat sie verlassen, und dann hat sie es nicht mehr geschafft, und dann kam der Typ und hat sie und die drei anderen übernommen. Eigentlich nicht schlecht, dass es gelaufen ist, wie es gelaufen ist, denn mit dem Typen hätte er nie und nimmer unter einem Dach leben können. In nicht allzu ferner Zukunft haut er den raus und zieht dort ein. Schluss mit dem Gesülze. Er schaut auf die Uhr, er sitzt jetzt noch ein paar Stunden ab und geht dann zum Psycho, um den Schein zu wahren, dabei durchschaut er den komplett, er will ihn immer dazu bringen, was Schönes bei Mutti und Vati zu sehen. Sie waren immer für dich da, sagt er, und das ist nicht nichts, du hast sicher ein paar schöne Erinnerungen, sprich mal darüber, aber er grinst bloß und schweigt, und ihm fallen keine ein. So kommen wir nicht weiter, sagt der Psycho dann, du bist zu wie eine Auster, das wird nur was mit uns, wenn du auch das Schöne zulassen kannst, so ein Bullshit aber auch, heute wird er ihm sagen, es war ein Irrtum, das war es, und dann wird er dem Psycho so lange in die Augen schauen, bis der seinen Blick senkt. Du kommst mit der Wahrheit, und alle rings um dich fallen um wie Dominosteine und machen keinen Mucks mehr. Mutti und Vati haben einen Fehler gemacht, und der Fehler hieß und heißt Max. Er spannt seinen Bizeps an, legt die Hand drauf, nicht schlecht, gar nicht schlecht. Wenn sich ein Elefant mal auf die Hinterbeine erhebt, hat keiner mehr was zu lachen. Er wird dem Psycho noch was sagen, er wird sagen: Weißt du was, er duzt ihn, warum auch nicht, sie werden heilfroh sein, wenn ich erst mal weg bin, und dann werden die Augenbrauen des Psycho alarmiert emporschnellen: Wieso, was hast du vor? Er wird gnädig den Kopf schütteln. Nichts hab' ich vor, ich mein' ja bloß. Ich hätte sagen sollen, wird er sagen, wenn ich weg wäre, wären sie heilfroh, und dann werden die Augenbrauen wieder einen leichten Bogen bilden und nicht mehr aussehen wie spitze Zelte, und Max wird beruhigend lächeln, keine Sorge, alles im grünen Bereich. An diesem Punkt wird sich der Psycho nicht mehr trauen, ihn auf das Schöne hinzuweisen, und dann wird die Stunde um sein, und der Psycho wird zu ihm sagen: Auch ich bin da, nicht vergessen, du weißt, wo du mich finden kannst. Max wird die Hacken zusammenknallen und die Hand an die Schläfe führen: Aye aye, Sir sagen und das Weite suchen. So wird es laufen, er weiß es im Voraus, und es kotzt ihn an.

Doch am Abend ist etwas anders. Es liegt wie ein leichter Gasgeruch in der Luft, als er ins Haus kommt, er hat den Nachmittag in einem Internetcafé verbracht, wenn man tief einatmet, wird man fast ohnmächtig, und es ist still. Totenstill. Keiner da?, ruft er, und muss schlucken, da sieht er einen Lichtschein unter der geschlossenen Wohnzimmertür hervorschimmern. Er bleibt stehen und rührt sich nicht und stellt seine großen Ohren auf. Nichts. Der Wasserhahn in der Küche tropft, der Kühlschrank summt. Dann: ein leises Schluchzen. Klingt eher wie ein Vogelpiepsen. Er muss wieder schlucken, komischerweise fällt ihm ein Osternestsuchen im Garten ein, er war immer der Schnellste, Kunststück, er war ja auch der Älteste, und Thorleif war und ist so ein Blindgänger, wenn er was suchen soll, damals haben die Vögel auch so komisch gepiepst, als trauten sie sich nicht so richtig, es lag ja auch noch Schnee, eine ganz dünne Schicht. Max fand sein Nest hinter dem Schuppen und war stolz, jetzt hört er Schritte, die Tür geht auf, Max? Komm rein, wir müssen mit dir reden. Er kriegt weiche Knie, wegen dem Gasgeruch, er findet, dass seine Beine ewig lang sind und sein Kopf ganz klein ganz hoch oben wie auf einem Stängel hockt und ein wenig wackelt. Setz dich, sagt Vati, und Mutti schaut ihn an, als ginge die Welt gleich unter und sie drei mit. Max, sagt Vati. Oh Scheiße, nun spuck's schon aus. Wir haben, beginnt Vati ernst, uns diese Entscheidung nicht leicht gemacht, wirklich nicht, das kannst du uns glauben, was wird schon sein, eine Woche Hausarrest, Fernsehverbot, sowas in der Art, darum brauchen sie nicht so ein Gedöns zu machen, und was ich dir jetzt sagen muss, tut uns sehr weh, denn auch wenn du es uns nicht abnehmen willst, haben wir dich lieb und wollen, dass es dir gut geht, klar, weiß er, und wie er das weiß, Mutti hat ganz große Augen, warum hast du so große Augen, fragte das Rotkäppchen, damit ich dich besser sehen kann, riesengroß sind sie, bisschen wässrig, dunkel. Wir, sagt Vati, haben dich in einem Heim angemeldet, er schaut zu Boden, als läge es dort, auf dem Perserteppich, das schöne gemütliche Supiheim, ein Augenschmaus, ein Zuckerle, hat Oma, als es sie noch gab, immer gesagt, Oma kam aus

Franken, Muttis Mutter, sie hat noch mit siebzig einen Purzelbaum draußen am Reck gemacht, aber Mama, man kann ja alles sehen, rief Mutti empört, das ging gar nicht, dass die Nachbarn was mitkriegten, was nicht gut und schön war, glotzt sie ihn immer noch an? Seine Lider sind so schwer, er kriegt sie kaum auseinander, wann hat er ihr das letzte Mal in die Augen geschaut? Er hat auch jetzt keinen Bock dazu, aber dann tut er's doch, und dann muss er schon wieder schlucken, soviel Speichel hat er im Mund, einen ganzen Sturzbach, auf dem er treibt wie ein Hölzchen, er schluckt sich selber runter und kann nicht reden und muss es auch nicht, denn Vati sagt: Es ist eine Art betreutes Wohnen mit anderen Gleichaltrigen, du bekommst dort eine Ausbildung, es ist sicher das Beste für dich. Rede beendet. Ein sanftes Lächeln auf beiden Gesichtern. Im Porzellanladen zerstören Elefanten alles, sagt Vati, oder bildet er sich das ein, wir können nicht zulassen, dass du unsere Familie zerstörst, um ein Haar wäre es dir gelungen, sagt Vati, das alles heißt aber nicht, dass wir den Kontakt zu dir abbrechen wollen, du kannst uns besuchen, an Wochenenden, gelegentlich … Raus. Der Elefant donnert die Treppe hoch, haut die Tür zu. Begreifen tut er nichts, nur eins weiß er, dass es heute Nacht soweit ist, er muss nur warten, bis sie alle schlafen, friedlich schlafen, denn sie haben sich die Entscheidung nicht leicht gemacht, er wird sein Köfferchen packen und losmachen, Richtung Platte, er wird den Typen raushauen und sich in dessen Bett legen und ebenso friedlich schlafen, wie Mutti und Vati jetzt schlafen, denn dann wird endlich alles seine Ordnung haben und er da sein, wo er hingehört, also zack-zack Köfferchen gepackt und gewartet, bis es still wird im Haus, dauert nicht lang, Thorleif und Ariane haben sie offenbar für den besonderen Anlass entsorgt, er also auf Zehenspitzen die Treppe runter und ab die Post. Viel ist nicht mehr los auf den Straßen. Er kommt am Supermarkt vorbei, wo er gelegentlich was hat mitgehen lassen, dann am Stadtpark, die Bäume wachsen schwarz und riesig in einen noch schwärzeren Himmel. Die Plattenbauten liegen ziemlich weit draußen, ein extra Stadtteil, wie ein Waggon, den man auf einem Abstellgleis abgehängt hat, hohe Wohntürme, in manchen Fenstern flackert noch ein bläuliches Licht, in anderen, wo die Leute schon schlafen, spiegeln sich die Straßenlaternen wieder, er kennt sich aus, wie oft war er heimlich hier und hat zu ihrer Wohnung hochgesehen, er packt den Griff seines Koffers fester und drückt die Tür auf und holt sich den Lift und schwebt hoch und hört, wie die Seile vibrieren und das Ding schließlich mit einem Ruck zum Halten kommt und die Tür schmatzend aufgeht. Graffiti an den Wänden, er grinst. Vor der Wohnung bleibt er stehen. Der Typ hat seinen Namen hingeklebt, ihren nicht. Still ist es drinnen, sie schlafen. Nicht mehr lange. Er spannt die Muskeln an, drückt auf die Klingel. Nichts. Nochmal. Er drückt so fest, dass ihm die Fingerspitze wehtut. Schlurfende Schritte, der Typ brummt etwas. Wenn er nun nicht aufmacht? Ein Auge klebt innen am Spion. Ein blaues Auge. Der Typ reißt die Tür auf. Was willst du denn … da knallt Max ihm eine mit der Faust auf die Nase. Boah, tut das gut. Blut spritzt, eine Frau schreit. Er hat es knacken gehört, ein köstliches Geräusch. Der Typ hält sich die Nase, Blut läuft an seinen Fingern herab. Komisch, dass er nicht zurückhaut. Er schreit: Ruf die Polizei! Max schaut an ihm vorbei in die Wohnung hinein. Mama ist dick geworden, strähnige fettige Haare hängen ihr auf die Schultern. Sie tut, was der Typ sagt, hat gleich ein Handy in der Hand, drückt drauf rum. Max will den Typen zur Seite schieben, aber er füllt die ganze Türöffnung aus. Der ist auch fett. Bleibt einfach stehen, stöhnt, weicht keinen Zentimeter. Also knallt er ihm seine Faust in den weichen Bauch. Als wär' er aufgewacht, schlägt der Typ jetzt zurück. Und wie. Max spürt seine Faust im Magen und geht in die Knie, und dann ist das fette Arschloch über ihm und trommelt auf ihm rum, und Mama sagt nichts. Er wehrt sich, klar, aber er merkt, dass er den Kürzeren ziehen wird, er hatte das Arschloch kleiner in Erinnerung. Es dauert nicht lange, und zwei bullige Polizisten kreuzen auf, trennen sie. Der gehört in den Knast, ruft das Arschloch, er hat mir das Nasenbein gebrochen! Einer der beiden Polizisten bespricht was mit Mama, die drückt wieder auf dem Handy rum, der andere packt ihn, dreht seinen Arm auf den Rücken und schiebt ihn in den Lift. Knast? Er? Und sie hilft ihm nicht? Mama!, brüllt er, Mama! Sie fängt an zu heulen. Die Lifttür geht zu. Er will sich aus dem Griff des Polizisten befreien, geht aber nicht. Unten wartet schon der Wagen. Und dann, nicht viel später, findet er sich in einer Zelle. Nur er. Eine Pritsche, ein Klo. Eine Wolldecke auf der Pritsche. Er hört, wie der Schlüssel im Schloss knirscht. Er lehnt sich an die Wand, lässt sich langsam zu Boden sinken. Er heult. Er heult wie ein Schlosshund. Es ist kalt. Einmal, am Nikolaustag, hat er wie Ariane und Thorleif seinen Stiefel rausgestellt. In seinem war eine Rute. In ihren waren Süßigkeiten. Er sackt in sich zusammen. Noch früher: Er saß auf Muttis Schoß, und sie las ihm den Ali Baba vor. Er hört ihre weiche Stimme. Es war warm auf ihrem Schoß. Ali Baba hatte einen blauen Anzug an und sah süß aus. Ein echt netter Elefant.

Damals, denkt er, wär' noch was gegangen.

Jetzt nicht mehr.

bild mit rahmen

Es ist Vollmond. Tellerrund und riesengroß steht die orangegelbe Scheibe am Himmel. Und es ist Sommer. Eine warme, stille Sommernacht, der Himmel gerade so dunkel, dass er noch nicht schwarz ist und nicht mehr blau, auf jeden Fall noch heller als die bewaldeten Hügel im Hintergrund. Im Vordergrund Felder, ein paar Wiesen. In der Nähe ein Dorf mit mondglitzernden Dächern. Draußen, hinter dem Bach, ein Traktor. Nichts Besonderes sonst. Eine ruhige Sommernacht wie viele andere.

Noch einmal: Vollmond, Sommer, eine Nachtlandschaft wie ein Bild, ein Rahmen außenrum, die Farbe: ocker. Ein Jemand betritt das Bild, betritt es von unten rechts, kommt vom Dorf her. Läuft auf den Traktor zu. Erst schnellen, zielstrebigen Schritts, dann langsamer, zögernder, bleibt schließlich stehen. Am Rand des Feldes, auf dem der Traktor fährt. Der Jemand hebt die Hand und winkt. Der Jemand bin ich.

Ich winke, weil ich nicht verstehen kann, warum der Traktor über den Acker fährt. Er zieht ein riesiges Mähwerk hinter sich her, doch da ist nichts, was man mähen könnte, der Acker liegt brach, ein paar Silberdisteln wachsen darauf, glitzern wie die Sterne darüber, aber ansonsten: nichts, kein Gras, keine Stauden, kein Getreide. Trotzdem mäht er; man könnte sagen, in ordentlichen, geraden Reihen, am Ende des Feldes wendet er, sehr akkurat, und fährt, ein wenig versetzt, auf einer gedachten Linie zurück. Als ob er, der Bauer, Reihen sähe. Er ist sicher müde, hat den ganzen Tag schon mit Mähen zugebracht, lenkt den Traktor halb im Schlaf, hatte vielleicht früher hier eine Wiese, grünes, kniehoch stehendes Gras, das er heute mähen und morgen wenden will, er schaltet das Licht ein, doch mich, der ich am Ackerrand stehe und mir schier den Arm aus dem Leib winke, mich sieht er nicht. Es wird auch immer dunkler jetzt, kaum heben sich die Hügelkuppen noch vom Himmel ab, ich muss mich sputen, mich erkenntlich machen, also laufe ich über den Acker auf den Traktor zu, winkend und stolpernd, denn der Boden ist uneben, die schweren Räder haben sich tief hineingedrückt. Der Bauer hat das Ende des Feldes erreicht, hebt das Mähwerk an, wendet, lässt es wieder ab und fährt auf mich zu, kommt näher, ich gerate in das Licht der blendenden Scheinwerfer und winke, doch er hält nicht an, blendet mich wie ein Reh auf der Landstraße, sodass ich einen kurzen Augenblick bewegungslos, wie erstarrt, verharre, bevor ich mich zur Seite werfe, gerade noch rechtzeitig; er hätte mich überfahren, den Traktor über mich rollen lassen, dann hätte mich das Mähwerk zerkleinert und über dem Acker zersprengt. Ich richte mich wieder auf; es wäre stockdunkel jetzt, würde der Mond nicht scheinen. Doch so kann ich den Menschen im Traktorgehäuse erkennen, zumindest so viel erkennen, dass ich sagen kann, dass er seltsam unbeweglich und vornübergebeugt darin sitzt, in dieser Position gar nicht hinaussehen kann, seine Schuhe ansieht wahrscheinlich, den Schuh auf dem Gaspedal, das er bis zum Anschlag durchdrückt, wodurch er an Geschwindigkeit immer mehr gewinnt, immer schneller das Feld hinauf- und hinunterfährt, bis mir nichts anderes mehr übrigbleibt, als aus dem Bild hinauszuklettern, unten rechts, denn ich gehöre, verstehe ich nun, nicht dazu, ich male es nur.

schwimmen

Wie an jedem Morgen erforderte die Prozedur des Ins-Schwimmbad-Gehens detaillierte Planung, Umsicht, und, vor allem, Disziplin. Am liebsten würde sie doch mit der Teetasse in der Hand in ihrem gemütlichen Ohrensessel am Fenster sitzenbleiben, ein wenig dösen, sich in das weiche Polster drücken und zu glauben versuchen, dass sie sich nie mehr daraus erheben, nie mehr ihre Muskeln und Gelenke überlisten, ihnen trotz Schmerzen Bewegung ablisten müsste, nie mehr ihrem Kopf und Geist Aufgaben zu stellen hätte. Nur so, mit eherner Disziplin, war dem Alter ein Schnippchen zu schlagen. Verfiel man nicht in völlige Lethargie, wenn man sich nicht aufraffte? Wenn man zweiundachtzig Jahre alt war und einen nur noch wenig am Leben hielt?

Also nahm sie um acht Uhr die Strohtasche vom Haken und packte das große Handtuch ein und frische Unterwäsche und die Dauerkarte und die gelbe gebauschte Badekappe. Um viertel nach acht zog sie sich ächzend den Badeanzug an. Das Schlimmste war, sich zu bücken, trotz der Pein, die der Ischias-Nerv verursachte und die sich bis in die Zehenspitzen zog. Der Badeanzug war hellblau und hatte am Dekolleté einen breiten schwarzen Streifen. Sie cremte sich Schultern und Arme mit Sonnenmilch ein, was eigentlich unnötig war, bis der Hautkrebs auftreten würde, wäre sie längst unter der Erde. Sie trat zu dem alten Einbauschrank, den sie sich zu Beginn ihrer Ehe hatten einpassen lassen, schob die Bügel mit wachsender Ungeduld hin und her. Sie war immer noch eitel! Dabei sah sie kein Mann mehr an, auch die nicht, die so alt waren wie sie oder älter, die gleichmütig einen dicken Bierbauch vor sich hertrugen, Glatzen und knotige Beine hatten – und dabei hatte sie sich, wie man sagt, gut gehalten, hatte kaum Fett angesetzt, ihre Augen waren weder rot umrandet noch wässrig, sie roch auch noch gut und achtete auf ein gepflegtes Aussehen. Sie wählte schließlich ein geblümtes Sommerkleid, zog sich sitzend und seufzend mithilfe eines Schuhlöffels die breiten, hässlichen, maßgeschneiderten Alte-Oma-Treter an, stand langsam wieder auf, sehr langsam, trotzdem tanzten schwarze Pünktchen vor ihren Augen, nahm die Tasche, packte den Hausschlüssel ein, sah drei Mal nach, ob sie ihn auch wirklich nicht vergessen hatte (wurde sie dement?) und stieg dann vorsichtig, sich am Geländer gut festhaltend, die wenigen Treppenstufen zur Haustür hinunter, warf einen kurzen Blick auf den Briefkasten – leer, was hatte sie denn erwartet –, zog schließlich mit einiger Mühe die Tür auf und trat hinaus auf die Straße.

Das gleißende Sonnenlicht war eine Ohrfeige. Heiß würde es wieder werden, schrecklich heiß, den Nachmittag würde sie im Schlafzimmer auf dem Bett verbringen müssen, bei heruntergelassenen Rollläden. Normalerweise war der Nachmittag für Einkäufe bestimmt, dazu kam sie aus dem Haus und unter Menschen, und die Zeit verging schneller. Da hatte man nur noch wenig Lebenszeit, und man konnte nicht erwarten, dass sie verging! Am Abend würde sie sich ein kleines Abendessen kochen, heute Kartoffelbrei und Leber, das Radio anstellen und Musik lauschen, klassischer Musik, am liebsten Bach oder Mozart, und zufrieden sein, dass wieder ein Tag geschafft war und sie sich auf ein Glas Rotwein und den Fernseher freuen konnte. Obwohl: das Programm wurde immer schlechter. Es war ein Graus.

Die Bordsteinkanten waren hoch, das Kopfsteinpflaster uneben. Die Tasche unter den Arm geklemmt, den Kopf vorgestreckt, tippelte sie mit kleinen Schritten dahin. Niemand nahm Notiz von ihr. Die Leute hatten es alle eilig, hatten offenbar viele Freunde, hatten sie doch dauernd das Handy am Ohr, in das sie laut und ungeniert hineinsprachen. Und dieser Lärm! Autos hupten, ein Hubschrauber flog dröhnend Richtung Flugplatz, Bremsen quietschten, eine Straßenbahn ratterte vorbei, ein Müllaster ließ die Tonnen scheppernd gegen den Rahmen der Öffnung klappen. Schweiß rann ihr in den Nacken. Was sie aufrecht hielt, war der Gedanke an das kalte Wasser im Becken. Köstlich kaltes klares Wasser, und das würde sie mit den Armen teilen. Und vorwärtskommen, schneller als an Land. Sie war immer eine gute Schwimmerin gewesen. Der Arzt hatte ihr von den Schwimmbadbesuchen abgeraten. Halt! Sie blieb stehen. Hatte sie am Morgen die Tablette genommen oder sie wieder einmal vergessen? Sollte sie, wieder zu Hause, noch eine nehmen? Und was, wenn sie einen zweiten Herzanfall bekam? Ach was, papperlapapp. Bestimmt hatte sie die Tablette genommen. Bloß keine Panik! Ein Dackel rannte hechelnd auf sie zu, ohne Leine. Würde er sie in die Wade beißen? Er rannte weiter, als wäre sie nicht vorhanden. Ein Mann mit zerlumpter Kleidung torkelte den Gehweg entlang, offensichtlich betrunken. Wenn er sie nun anrempelte! Sie machte sich dünn, hielt den Atem an, sicher stank er schrecklich. An der Kreuzung holte sie tief Luft. Weiter, junge Frau! So nannte sie der Bademeister immer. Und wenn sie nun im Schwimmbad einen Herzanfall hatte und er sie aus dem Wasser ziehen würde – vor aller Augen? Sie betatschen würde? Ihr war plötzlich ganz flau im Magen. Hatte sie nun doch ihre Tablette vergessen?

Die Fußgängerampel sprang auf Grün. Diese Ecke hier war besonders gefährlich. Ein Jeep näherte sich, stampfende Bässe wummerten aus den geöffneten Fenstern. Ein feiner Schmerz zuckte durch ihre linke Kopfhälfte. Nur bitte keine Migräne! Kein Flimmern vor den Augen! Da halfen dann nur noch Ruhe und Dunkelheit. Sie war halb über die Straße, als die Ampel auf Rot sprang. Ein Motorradfahrer, glatzköpfig, voller schwarzer Tattoos, raste knapp vor ihr vorbei. Ein Rechter? Vor denen hatte sie Angst. Eine alte Angst. Ach, wäre sie nur in ihrem kühlen Schlafzimmer geblieben! Aber jetzt war es nicht mehr weit. Schon sah sie das hellblaue, von ausgedehnten Liegewiesen umgebene Geviert durch die Bäume schimmern, meinte das Chlor zu riechen, hörte die Raben in den prächtigen Platanen krächzen. Der Platz vor der Kasse war mit Kies bestreut und knirschte unter ihren Schuhen. Sie zeigte ihre Dauerkarte, und die Kassiererin nickte ihr zu. Sie hob die Tasche, um durch das Drehkreuz zu gelangen, aber nicht hoch genug, sodass sie sich verhakte und die Kassiererin ihr zu Hilfe eilen musste. Röte stieg ihr in die Wangen. Nicht einmal dazu war sie in der Lage! Ist doch nicht so schlimm, sagte die Kassiererin. Doch, es war schlimm. Es war ein klitzekleines Steinchen auf der Straße der Demütigungen, die das Alter bereithielt. Hatte sie nicht vor ein paar Tagen den Nachbarn bitten müssen, den Wäschekorb aus dem Keller in ihre Wohnung zu tragen? Von wegen Korb – es war nur ein kleines Wännchen. Hör auf!, befahl sie sich. Mit Egmont hätte sie darüber gelacht. Aber Egmont war seit neun Jahren tot. Es kam ihr vor, als wäre er erst gestern gestorben, so intensiv war das Gefühl der Verlassenheit. Er hätte das Wännchen aus dem Keller geholt. Und sie hätte keinen weiteren Gedanken daran verschwendet.

Mit weichen Knien lief sie Richtung Umkleide. Viele Badegäste zogen sich am Beckenrand um, vor aller Augen, auch Menschen ihres Alters. Nein danke – sie hatte noch so etwas wie Würde. In der kleinen Kabine lehnte sie sich erst einmal gegen die Wand, um Atem zu schöpfen. Sie zog ihr Kleid aus, faltete es ordentlich, steckte es in die Tasche. Früher hatte sie schöne Dessous getragen, doch die kniffen überall. Sah sie ja auch keiner mehr darin. Das breite schwarze Band betonte ihr Dekolleté. Als sie den Anzug gekauft hatte, war ihr Busen noch schöner gewesen. Und ihre Haut sah so ledrig aus, hatte so viele Falten und Fältchen – runter mit der Brille. An den Oberschenkeln hatte sie kleine Dellen, Fett, Wassereinlagerungen? Sie zog ihre Badeschlappen an, schließlich gab es Bienen und Wespen im Gras. Ihre Stimmung hob sich ein wenig, als sie über das taufeuchte Gras lief. Sie hörte das Brummen eines Rasenmähers und das leise Dröhnen des Verkehrs, friedlich und beruhigend aus der Entfernung. Eine leichte Brise kräuselte das Wasser, in dem schon ein paar Schwimmer ihre Bahnen zogen. Sie legte ihre Tasche auf eine Bank und schob ihre Schlappen mit dem Fuß darunter. Der Bademeister winkte ihr zu, und ihr Herz machte einen kleinen Satz. Er nahm sie wahr. Nur wenige Menschen nahmen sie wahr. Egmont und sie hatten sehr zurückgezogen gelebt, Kinder hatten sie keine. Der Nachbar grüßte sie im Treppenhaus, und die Metzgersfrau wusste, welches Fleisch sie bevorzugte. Sie hatte noch eine alte Schulfreundin, die im Heim war, blicklos aus dem Fenster starrte, während sich Sabberfäden über ihr Kinn spannten. Sie besuchte sie gelegentlich. Man warf den Heimbewohnern große bunte Bälle zu, damit sie sie auffingen. NIEMALS wollte sie in so ein Heim und große bunte Bälle auffangen.

Sie legte ihre Hand auf das Geländer und stieg langsam die kleine Treppe ins Wasser hinab. Es kühlte ihre Füße – wie angenehm! Durch die Bläue sah sie ihre Zehennägel. Gelb. Lang. Hässlich. Sie zu schneiden war ein so beschwerliches Unterfangen, dass sie sich nur selten dazu aufraffte. Egal. Das Wasser war herrlich. Dreiundzwanzig Grad, junge Frau, rief der Bademeister herüber. Sie lächelte. Dreihundert Meter wollte sie schwimmen. Sechs Bahnen. Ihre Arme und Beine bewegten sich wie von selbst. Schwimmen verlernte man nicht. Wie kleinlich erschienen ihr nun ihre Sorgen! Sie hatte schließlich eine eigene kleine Wohnung, auf deren Balkon rote Geranien wuchsen, sie war unabhängig. Aber – was war dieses plötzliche Rumpeln in ihrer Brust? Schnell an das Seil, das das Nichtschwimmer- vom Schwimmerbecken abgrenzte. Dort würde sie stehen können. Dort konnte sie sich beruhigen.

Außer Atem stand sie an den bunten Kugeln, hielt sich am Seil fest. Der Bademeister sah zu ihr her. Sie konzentrierte sich auf ihre Herzschläge. Immer wieder kam zu dem festen, regelmäßigen Pochen ein Stolpern, hart und beängstigend, und nahm ihr die Luft. Ihr Arzt hatte also doch Recht gehabt. Das war das Ende. Am Rand des Beckens sprang eine junge Frau mit einem eleganten Köpfer ins Becken, hielt schnurgerade auf sie zu, den Kopf unter Wasser, kraulte schlank und stromlinienförmig, fast ohne Spritzer. Sicher würde sie ausweichen, sie sah sie doch, wenn sie ihren Kopf zum Atmen aus dem Wasser nahm. Ein heftiger Schlag gegen ihre Brust belehrte sie eines Besseren. Sie taumelte ein wenig. Natürlich würde sich die junge Frau entschuldigen und ihr die Gelegenheit geben, souverän zu lächeln. Mitnichten. Sie schwamm einfach weiter, als wäre nichts gewesen. Ohnmächtiger Zorn stieg in ihr hoch. Diese rücksichtslose, egoistische Jugend!

Welch eine Unverschämtheit! Hatte der Bademeister etwas bemerkt? Nein – oder sah er absichtlich weg? Ja, war denn niemand da, der ihre Interessen vertrat, zu ihr stand, ihr half gegen den Rest der Welt?

Unsägliche Verlassenheit breitete sich in ihr aus. Sie schwamm zur Treppe, griff nach dem Geländer, wäre fast auf einem Kaugummi ausgerutscht. Sie nahm ihre Tasche, ging mit kleinen, müden Schritten auf die Umkleide zu. Die Bank in der Sonne, sonst immer ein willkommener Platz, um sich aufzuwärmen, bedachte sie mit keinem Blick. Wieder auf der Straße, überlegte sie, ob sie den Arzt aufsuchen sollte. Oder hatte sie tatsächlich einfach ihre Tablette vergessen? Aber jetzt glaubte sie sich zu erinnern, wie sie die Kapsel aus der Verpackung genommen, wie sie sie auf die Zunge gelegt, mit etwas Tee hinuntergespült hatte. Sicher war es nur eine Schreckreaktion auf die Kälte gewesen. Wenn sie nicht mehr schwimmen ging, würde sich dergleichen nicht wiederholen. Genau das würde ihr auch der Arzt sagen. Also nach Hause. Durch die Hitze, das grelle Licht, den Staub, den Lärm, die vielfältigen Stolpersteine und Gefahren nach Hause. In ihr Schlafzimmer mit den heruntergelassenen Rollläden. In die Stille.

mozart

Es darf nicht passieren. Auf überhaupt gar keinen Fall.

Im Zimmer sind zwei Stockbetten. Die Decken sind glattgezogen, die Kissen aufgeschüttelt. Die Wände sind holzvertäfelt Es ist hell, sehr hell, ein breites Fenster, das auf eine Wiese mit Fußballtoren hinausgeht, nimmt einen großen Teil der Stirnwand ein. Daneben hängen Bilder von Sonnenuntergängen. Aber auf die sieht er nicht. Er sieht nur auf das Bett. Er würde die Decke ebenso glattstreichen müssen, wie es jetzt die Herbergsmutter oder wer auch immer getan hat. Dann würde man nichts merken.

Mensch, mach doch, sagt Jan hinter ihm. Jan, der große, schlaksige Klassensprecher. Der zwei verschiedenfarbige Augen hat: eins braun, eins blau. Der mit seiner Mutter in einer Wohnung im Plattenbau wohnt und vor nichts Angst hat. Sven hat gedacht: und wenn es Jan ist, der es merkt? Weiter konnte er nicht denken. Unvorstellbar, was danach passieren würde. Aber er würde früh ganz schnell aus dem Bett gleiten und die Decke hochziehen. Sich den Ruf einhandeln, ein besonders Ordentlicher zu sein. Egal.

Chris, der dicke Chris mit dem Watschelgang, hat sich einfach an sie drangehängt. Nicht gefragt, ob er mit ins Zimmer dürfe. Hat sich hinter ihnen hineingedrängt. Der vierte im Bund ist Florian. Florian ist immer da, wo Jan ist. Bewundert ihn über die Maßen, weil er so selbstsicher ist. Nie auf den Mund gefallen. Er selber ist klein und blass. Aber supergut in Mathe. Und er spielt Schach. Hat eine Brille, die im Klassenzimmer immer die Sonnenstrahlen auffängt und glitzert, weil er am Fenster sitzt. Keiner, vor dem man Angst haben muss. Aber dennoch. Was für eine Schande es wäre. Wie er in ihren Augen abstürzen würde. Ein Zehnjähriger, der noch ins Bett macht.

Ich nehme eins der oberen, sagt er schnell. Da sieht nur der, der ihm gegenüber liegt, was, wenn er nicht aufpasst. Aber aufpassen würde er. Nee, sagt Jan, die oberen sind schon vergeben. An Florian und mich. Er grinst. Du und Chris schlaft unten.

Keine Widerrede. Sie inspizieren die zwei Schränke und räumen ihre Sachen ein. Es ist schön draußen, Sommerwetter, und der Lehrer hat ihnen erlaubt, erst einmal Fußball zu spielen. Damit ihr ankommt, hat er gesagt, und euch austobt. Damit ich euch abends in die Betten kriege. Der Lehrer heißt Herr Lahner und ist im letzten Moment eingesprungen, weil ihr Klassenlehrer krank geworden ist. Herrn Lahner kennen sie nicht. Sie sind ja erst seit einem Dreivierteljahr am Gymnasium. Er gibt Sport und Erdkunde und scheint soweit ganz nett zu sein. Ein athletischer Kerl mit Hakennase und weit auseinanderstehenden blauen Augen und einer hohen Stirn und nur noch wenig Haaren auf dem Kopf, obwohl er nicht alt ist. Der Lehrer ist nicht seine, Svens, Sorge. Seine Mutter hat noch am Morgen kummervoll das Laken abgezogen und in die Waschmaschine gesteckt. Sie hat ihn angesehen, und in ihren Augen hat er sich gespiegelt: ein lächerlicher kleiner Wicht. Er hat die Augen niedergeschlagen. Geh abends noch mal aufs Klo, hat sie gesagt und dann auf die Uhr geschaut. Sie hat es wie immer eilig gehabt. Die Patienten können nicht warten, das ist klar.

Sie ziehen ihre Fußballschuhe an, die mit den Spikes an den Sohlen, und rennen nach draußen. Da ist kein anderes Haus weit und breit, nur Wiesen und Felder, soweit das

Auge reicht. Pottlangweilig, ruft Jan ihm zu, wahrscheinlich müssen wir den ganzen Tag wandern, und Sven lächelt ihn an. Er ist stolz darauf, dass Jan so viel mit ihm redet, und er möchte gut dastehen in seinen Augen. Lässig kickt er den Ball, der plötzlich vor seinen Füßen liegt, über den Platz. Seine Eltern wollen seit Jahren, dass er Skifahren lernt, aber er stellt sich an wie der letzte Trottel. Kriegt es einfach nicht gebacken, die Ski parallel zueinander zu halten, aus Angst grätscht er immer die Beine und fällt hin. Seine Eltern sind sehr gute Skifahrer, und sie sehen toll aus in ihren schicken Anzügen, aber sie werden oft ungeduldig, weil er sich gar so dumm anstellt. Er ist unsportlich. Aber Chris ist noch viel schlechter, und das tröstet ihn ein wenig. Am liebsten macht er den Torwart, da muss man nicht so viel rennen.

Seit Wochen malt er sich aus, wie es passiert und wie es einer merkt. Wie ein großes schwarzes Tuch hängt die Angst über ihm. Er mag nicht essen. Er war noch nie ein guter Esser, auch als Baby nicht, sagt seine Mutter oft. Sie haben ihm einen Flaschenhalter gebaut, weil er so lange zu seinem Fläschchen brauchte. Einen Flaschenhalter, unter den er gelegt wurde, auf ein Lammfell. Er war immer ein schlechter Esser, und er hat immer gefroren. Auch heute noch friert er leicht. Er hat seinen Pulli an, während er über das Feld läuft. Wenn er früh in seinem kalten Pipi aufwacht, friert er auch. Da hilft nur eine warme Dusche. Sein Vater und er duschen gemeinsam. Er möchte auch einmal so eine Figur haben wie er, stark und breitschultrig. Aber dazu muss er mehr essen, sagt der Vater, der ihn nach dem Duschen in ein großes Handtuch hüllt. Dünn wie ein Spargel, sagt er dann immer. Am liebsten würde er den ganzen Tag mit seinem Vater duschen. Aber auch der hat Patienten, die warten, und er, Sven, muss in die Schule, ist ja klar. Früher ist er in die Kindertagesstätte gegangen. Er hat nur vage Erinnerungen daran, an Lärm und Geschubse und Hände, die ihn mit geübten schnellen Bewegungen wickelten und den Geruch nach Kacke, seiner eigenen und der der anderen. Erinnerungen an schmale Matratzen, auf denen der Mittagsschlaf gehalten wurde, aus dem er gleich wieder erwachte. Er erinnert sich an seinen Teddy. Seinen Teddy mit den Glasaugen und den kleinen runden Ohren und dem samtigen Fell. Den ließ er nicht los. Er hat ihn heute noch. Aber das sagt er natürlich niemandem. Jan würde sich totlachen. Sven denkt an Katharina, die Erzieherin im Kindergarten, die einen kleinen Ring in der Lippe hatte. Wickelkinder könne sie nicht gebrauchen, sagte sie zu Svens Mutter. Er sei längst überfällig. Hocken Sie ihn auf den Topf und lassen Sie ihn sitzen, er lernt das schon. Seine Mutter hat ihm, während Katharina das sagte, in den Haaren herumgewühlt. Sie hat ihn zuhause auf den Topf gesetzt, aber es wollte und wollte nicht kommen. Mit dem Topf ist er im Bad herumgerutscht, hat auf das Schaben vom Plastik auf den Steinfliesen gelauscht, und er hat gefroren. Im Kindergarten hat er den Clown gespielt. Da kommt Sven, der Zirkusclown, haben die anderen gelacht, und eine Sekunde lang hat er gehabt, was er wollte. Dann gab es den Morgenkreis, da war es aus damit. Spielen mochte er nicht. Am liebsten wickelte er sich in eine Decke, nah an der Heizung oder, im Sommer, am Fenster, durch das die Sonne schien. Abends holten ihn der Vater oder die Mutter ab, je nachdem, wer eher fertig war. Sein Vater fragte immer dasselbe: Hast du schön gespielt, und er brauchte nur zu nicken. Zuhause im Garten baute er dann kleine Häuschen aus Zweigen, die sein Vater aber nicht als Häuschen erkannte und wegräumte. Doch sein Vater war in Ordnung. Ein großer starker Mann, der nie fror und im Frühling schon mit nacktem Oberkörper im Garten saß. Er hatte ganz viele schwarze Haare unter den Armen, ein richtiges Bärenfell. Manchmal spielten sie Federball zusammen, und dann sah man das Fell unter dem jeweiligen Ann aufleuchten wie etwas Geheimnisvolles, Wildes. Er wollte auch einmal solche Haare haben. Und so einen breiten Brustkorb, und so starke Arme, die ihn einfach in die Luft warfen. Immer noch, obwohl er schon zehn war. In letzter Zeit war das In-die-Luft-Werfen aber irgendwie anders geworden. Hatte eine andere Note. Als wolle es heißen: Mensch, nun mach mal, dass was aus dir wird. So geht das doch nicht. Du Leichtgewicht. Dünner Spargel, du.

Er steht im Tor, und die anderen rennen über das Spielfeld. Herr Wendling sieht vom Rand aus zu. Die Gesichter erhitzen sich, die Wangen werden rot, man hört Keuchen und das Trampeln der Fußballschuhe auf dem harten Grasboden. Es hat lange nicht geregnet, und Staubwolken steigen auf und umhüllen die, die den Ball haben, stehen dann noch über der Wiese, dünne Schwaden aus bitterem Staub, der einem einen Belag auf den Zähnen macht. Sven hat wenig zu tun, weil die anderen den Torhüter auf der entgegengesetzten Seite unter Druck setzen. Einer stimmt im Rennen die Deutschlandhymne an, und einige lachen. Der Lehrer hat die Hände in den Hosentaschen und sieht aus, als würde er am liebsten mitspielen. Sven hat Zeit, seinen Gedanken nachzuhängen. Er hätte doch Stürmer machen sollen. Er will nicht an den Abend denken, wenn sie alle in ihre Kojen kriechen. Und er sich vornimmt, lange wach zu bleiben und kurz vor dem Einschlafen noch einmal aufs Klo zu gehen. Nein, er hat keine guten Karten. Er *wird* heute Nacht ins Bett machen. Keine Frage. Aber er wird am Morgen ganz schnell die Decke über das nasse Laken ziehen.

Seine Mutter ist auch in Ordnung, denkt er. Und plötzlich packt ihn Heimweh. Er will nachhause, sich auf dem Sofa mit einer Decke zusammenringeln. Er sieht auf die Uhr. Jetzt ist noch keiner da. Normalerweise isst er im Hort und macht dort noch seine Hausaufgaben. Er hat den Hausschlüssel um den Hals. Er ist daran gewöhnt, dass es still ist, wenn er heimkommt. So still, dass seine Schritte auf dem Parkettboden hallen. Meistens macht er den Fernseher an und schaut ein bisschen auf die bunten sich bewegenden Bilder. Davon wird sein Kopf ganz leer. Am liebsten wäre er draußen bei den anderen, die laut lärmend um die Häuser rasen und Fangen spielen. Aber er traut sich nicht. Außerdem ist er nicht schnell genug. Nein, er bleibt lieber zuhause. Es ist nicht nur, dass er nicht schnell ist. Es ist auch, dass er irgendwie anders ist. Nicht so laut, nicht so lärmend, nicht so wild. Er kennt auch viele der Ausdrücke nicht, mit denen sie um sich werfen. Dafür spielt er Geige. Seine Eltern haben darauf bestanden, dass er ein Instrument spielt, und er hat gedacht, wenn ich Geige spiele, komme ich vielleicht ins Schulorchester. Da würde er gerne hin. Unklar ahnt er, dass es da noch mehr gibt, die so sind wie er. Also übt er. Mit acht hat er angefangen, aber immer noch schafft er es nicht, dem Instrument mehr als kratzige Töne zu entlocken. Das Gequietsche geht seinem Vater auf die Nerven, und er sagt, spiel ein bisschen leiser, Paganini. Manchmal kommen ihm die Tränen, wenn er spielt. Weil die Geige ihm etwas sagen will, er aber nicht versteht, was es ist. In dem hölzernen Bauch liegt ein Geheimnis verborgen. Ein Geheimnis, das mit Schwerelosigkeit zu tun hat, mit Fliegenkönnen. Oder so ähnlich. Aber manchmal möchte er die Geige auch mit einem Beil zerhacken. Kleinholz aus dem sanft geschwungenen Hals machen, die Saiten einzeln herausreißen, auf dem

Bauch herumtrampeln. Aber dann ruft seine Mutter aus der Küche, dass er schon mal den Tisch decken soll, der Vater käme gleich. Also räumt er sie in den mit einem Seidentuch ausgeschlagenen Kasten und macht ihn fest zu. Klack.

Am Abend machen sie vor der Herberge ein Lagerfeuer und halten Kartoffeln und Würste an Stecken darüber. Die Flammen zischeln, wenn Fett auf sie tropft. Der Wald am Horizont ist schwarz geworden, eine kompakte Masse, die nicht mehr aus einzelnen Bäumen zu bestehen scheint. Noch ist nicht alles Licht aus dem Himmel gewichen. Die ersten Sterne blinken auf. Die Herberge wirkt wie ein großes Schiff, das auf schwarzen Wellen schaukelt, mit ihren erleuchteten Fenstern, so ganz fern jeder anderen menschlichen Behausung. Sven geht eine Gänsehaut auf. Er sieht in die Gesichter um sich, über die Schatten tanzen. Keiner wirkt ängstlich, und er atmet aus. Jan hat sich den ganzen Nachmittag nur mit Florian abgegeben. Auch jetzt sitzen die beiden zusammen und kichern. Sven hockt neben Chris, der stumm eine Kartoffel nach der anderen vertilgt. Herr Lahner bespricht mit ihnen den morgigen Tag. Er will sie in eine Grotte mitnehmen und erklärt den Unterschied zwischen Stalakmiten und Stalaktiten. Er sagt, dass es dort wunderbare Steinformationen gibt und Höhlen, die unterirdisch im Schein der Tropfsteine leuchten. Sven denkt, dass es bald soweit ist. Er stellt sich vor, wie er am nächsten Morgen, hopp!, aus dem Bett gleiten und die Decke, hopp!, hinter seinem Körper herziehen, hochziehen, über das Laken ziehen wird. Wenn er den Lehrer so reden hört, ist er einen Moment lang ganz zuversichtlich, dass alles gut gehen wird. Der Lehrer hat eine angenehme Stimme, und in ihr schwingt Begeisterung. Die Grotte muss wirklich schön sein, dass er so redet. Wie eine Kirche, sagt er gerade. Man ist andächtig wie in einer

Kirche, ihr werdet sehen. Mit oder ohne Weihrauch, sagt Jan, und alle lachen. Es gibt einen unterirdischen schmalen Fluss, der durch die Grotte führt. Wir werden Boote nehmen und hindurch fahren. Aber kalt ist es dort unten, sagt er, ihr müsst euch einen warmen Pulli mitnehmen. Und jetzt ist Zapfenstreich. Ab ins Bett mit euch, um zehn Uhr mach' ich die Runde.

Im Zimmer ist es stickig, weil das Fenster geschlossen war. Eine rechte Stimmung will nicht aufkommen. Chris ist wortkarg und geht mit seinem Schlafanzug ins Bad, und Jan zieht ein Kartenspiel aus seiner Tasche, aber Sven und Florian sind müde. Jan schüttelt den Kopf. Ich geh zu den andern, sagt er enttäuscht, mit euch ist nichts los. Und er verschwindet. Im Bad hören Florian und Sven die Spülung rauschen. Dann kommt Chris zurück und trottet gleich ins Bett. Florian geht nach nebenan und kehrt zurück. Jetzt ist Sven an der Reihe. Er pinkelt und pinkelt und drückt noch einen Tropfen heraus und noch einen. Das müsste doch reichen bis zum nächsten Morgen. Aber er weiß, dass es nicht reicht. Er legt sich ins Bett und zieht die Decke hoch bis zum Hals. Sie riecht leicht nach Wolle und nach Waschmittel. Sein Herz klopft langsam und regelmäßig. Er hört, wie Florian *Gute Nacht* brummt, und sagt ebenfalls *Gute Nacht*. Dann knipst Chris das Licht aus. Es ist stockdunkel. Die Atemzüge der anderen werden langsam ruhiger und gleichmäßiger. Sven starrt hoch zum Bett über ihm, aber er kann nichts erkennen. Alles ist schwarz. Er sieht zum Fenster. Offensichtlich sind Wolken aufgezogen, denn er kann kein Sternenflimmern erkennen. Auch keinen Mond. Die Schwärze macht das Atmen schwierig, es ist, als würde sie sich einem auf die Brust setzen wie ein Alp. Er bemüht sich, ruhig zu atmen. Er sagt sich: Diese Nacht nicht, diese Nacht nicht, diese Nacht nicht, bitte, bitte, lieber Gott. Irgendwann fallen ihm die Augen zu. Irgendwann schläft er ein.

Das Pipi ist kalt, als er aufwacht, und das Zimmer ist hell. Chris ist schon wach und schaut zu ihm herüber. Moin, sagt er und grinst. Über sich hört Sven, wie die Federn unter der Matratze quietschen. Auch die andern sind wach. Er denkt: Ich warte, bis sie weg sind. Ich sage einfach, dass ich noch müde bin. Aber Jan ist mit einem Sprung auf dem Boden und zieht Chris die Bettdecke weg. Sven erstarrt. Gleich ist er an der Reihe. Er will ihm zuvorkommen und richtet sich auf. Da setzt sich Jan zu ihm auf das Bett. Er lacht sich tot über Chris, der langsam und umständlich aufsteht und etwas vor sich hinmurmelt. Florian klettert die Leiter herunter. Hier riecht es komisch, sagt Jan, und Sven schreit innerlich Stoßgebete zum Himmel. Das ist in Jugendherbergen oft so, bringt er zwischen den Zähnen hervor. Nee, sagt Jan, hier riecht es nach – ich weiß nicht, irgendwoher kenne ich den Geruch … Er überlegt. Willst du vor mir ins Bad?, fragt Sven hastig. Nach Pisse!, sagt Jan und sieht ihn an. Wieso riecht es ausgerechnet hier, ausgerechnet auf deinem Bett nach Pisse, kannst du mir das sagen? Sven windet sich unter seinem Blick. Keine Ahnung, stößt er hervor. Ach ja? Da packt Jan in einer blitzschnellen Bewegung die Decke und zieht sie weg. Na jetzt aber, sagt er.

Langsam steht Sven auf. Unter ihm ist ein großer, ovaler, gräulicher Fleck, schwach dunkler als das Laken. Florian und Chris und Jan stehen im Halbkreis um das Bett herum. Sven zwängt sich zwischen ihnen durch, packt seine Sachen und verschwindet im Bad. Als er die Tür zuschließt, hört er, wie sie lachen, am lautesten Chris. Sie lachen und lachen und hören nicht auf. Er zieht sich die feuchten Sachen aus. Diesen Geruch kennt er besser als jeden anderen

Geruch auf der Welt. Nach pipinassem Stoff. Er will heim, sofort. Er muss heim. Jemand pocht laut an die Tür. Frühstück! Er hört, wie die anderen das Zimmer verlassen. Bald ist es still, nur ganz schwach ist das Klappern von Geschirr auszumachen. Er weint nicht. Er ist auch innerlich ganz starr und kalt. Er kann ja schlecht einfach fortlaufen, er weiß nicht einmal, in welche Richtung. Er hat noch kein Handy. Er bezweifelt allerdings, dass seine Mutter ihn abholen käme. Ob sie es den anderen sagen? Sicherlich. Der ganze Frühstücksraum, die ganze Klasse weiß sicherlich schon Bescheid. Auch der Lehrer? Sie werden aufkreischen, wenn er kommt. Mit den Fingern auf ihn zeigen. Es ist eine Schmach ohne Ende. Nein. Er wird hierbleiben, hier im Bad. Und hoffen, dass sie sein Fehlen nicht bemerken, wenn sie zur Grotte aufbrechen.

Es kommt ihm vor, als ob es Stunden dauere, bis jemand kommt. Stunden, wo er dasitzt, an die Wand gelehnt, den Kopf auf die Arme gelegt. Seine Mutter hat ihn nie geschimpft. Aber er hätte sich gewünscht, dass sie ihn schimpfte. Dann hätte sie ihn nicht so traurig angeschaut. Sie hat schweigend das Bett abgezogen und das Laken und den Schlafanzug mit spitzen Fingern nach unten in die Waschküche genommen. Sie hat abends mit seinem Vater darüber geredet. Das weiß er ganz genau, weil er sie belauscht hat. Leise atmend hat er hinter der Tür gestanden, mit rotem Kopf. Sein Vater hat gesagt, dass er mit dem Kinderarzt gesprochen habe. Einfach zuwarten, habe der gesagt. Mehr falle ihm selber auch nicht dazu ein. Früher habe man das nasse Laken ans Fenster gehängt, für alle sichtbar, hat er gesagt. Diese Zeiten wären ja gottlob vorbei. Sven hat gehört, wie seine Mutter geweint hat. Stoff hat geraschelt, offenbar hat sie sein Vater in den Arm genommen. Seine Mutter hat sich vorgeworfen, irgendetwas in der Erziehung falsch gemacht zu haben. Aber was? Mir wächst alles über den Kopf, hat sie geseufzt. Sein Vater hat begütigend gebrummt. Sven hat sich abgewandt und ist auf Zehenspitzen zur Treppe und dann hoch in sein Zimmer gelaufen. Dort hat er sich auf sein Bett geworfen. Und hat heftig geschluchzt.

Irgendwann klopft es an die Tür, und er hört, wie Jan ruft, dass er sich beeilen solle. Zögernd schließt er auf. Jan hält ihm ein belegtes Brötchen hin. Da, sagt er großmütig. Dass du in der Grotte nicht verhungerst. Sven steigt etwas in die Kehle, doch er schluckt es hinunter. Er schlüpft in seine Sachen und folgt Jan vor die Herberge, wo die anderen schon zusammenstehen. Er wagt kaum, den Blick zu heben. Aber keiner schaut ihn komisch an. Offenbar haben sie es doch nicht herumerzählt Sie steigen in den Bus, der schon mit laufendem Motor wartet. Auf dem Weg zur Grotte erzählt Herr Lahner etwas über ihre Entstehungsgeschichte, aber er hört nicht hin. Wie wird es am Abend weitergehen, wenn sie wieder zusammen im Zimmer sind? Wird am nächsten Morgen Jan wieder die Decke wegziehen? Er fühlt sich ganz schwach. Durchsichtig. Plötzlich merkt er, dass er das Brötchen, das er in seine Tasche gesteckt hat, mit den Fingern umkrampft. Dass es schon ganz weich und matschig ist. Er zieht die Hand heraus. Sie riecht nach Schinken. Er dreht sich um und fängt einen Blick von Jan auf. Jan zwinkert ihm zu. Das versteht er nicht. Macht Jan sich auf seine Kosten über ihn lustig, oder will er ihm helfen? Er wird rot und schaut weg. Neben ihm sitzt Chris, schweigsam wie immer. Er mampft ein Brötchen, das er wohl vom Frühstück hat mitgehen lassen. Sven hat einmal gehört, dass seine Eltern sich haben scheiden lassen, und dass noch nicht klar ist, ob er bei der Mutter oder beim Vater leben soll. Aber das interessiert ihn jetzt nicht.

In der Grotte wird Sven für ein paar Augenblicke feierlich zumute. Es ist wirklich wie in einer Kirche. So – heilig. So wunderschön. Was für zarte Gebilde diese Tropfsteine formen, wie sie leuchten und glitzern. Wenn er die Augen zumacht, hört er, wenn er nur lange genug wartet, wie sich ein Tropfen löst und fällt. Mit einem Geräusch fällt, das gemacht ist für die Ewigkeit. Hier steht die Zeit still. Hier zählt nichts, was draußen von Wichtigkeit ist. Er denkt an seine Geige. Wenn er sie nur spielen könnte! Wenn er ihr nur Töne entlocken könnte anstatt des Krächzens. Er weiß doch, dass in ihrem Bauch die Töne versteckt sind. Er fühlt es. Wie er fühlt, dass Töne und das hier dasselbe sind. Ebenso schön. Ach, er weiß nicht, wie er das sagen soll. Er lässt seinen Blick durch die Grotte schweifen. Plötzlich spürt er, dass der Lehrer ihn ansieht. Die anderen sind schon weitergelaufen, und er allein steht noch da und glotzt. Herr Lahner kommt näher. Dir gefällt das, nicht wahr, sagt er leise, und Sven nickt. Gemeinsam gehen sie weiter. Komm heute Abend mal in mein Zimmer, sagt Herr Lahner. Ich möchte was mit dir besprechen, okay?

Das ist der freie Fall. Ein knallhartes Aufkommen unten am Boden. Sie haben ihn also doch verpetzt. Er sieht sich nicht mehr um. Sie haben die anderen erreicht und gehen gemeinsam weiter. Die Bootsfahrt auf dem unterirdischen Fluss rauscht an ihm vorüber. Desgleichen der Nachmittag draußen, wo sie wandern und Herr Lahner die Gesteinsschichten erklärt. Er läuft auf Watte. In seinem Kopf ist Watte. Das durchgeweichte Brötchen schmeckt nach Watte. Er macht einfach, was die anderen machen. Einmal fängt er einen Blick von Chris auf. Einen sonderbaren Blick. Gehässig und gleichzeitig betreten. Aggressiv und gleichzeitig hilflos. Was will der nur? Hat der ihn verpetzt? Ist ja auch egal.

Die Dämmerung bricht herein, als sie zur Herberge zurückkehren. Das Essen steht schon auf dem Tisch, aber Sven rührt nichts an. Der Lehrer beobachtet ihn, da ist er sich sicher. Er hat dicke große Tränen in den Augen, die er hinunterschluckt. Nur nicht weinen, nur nicht weinen, befiehlt er sich. Nach dem Essen gehen alle in den Aufenthaltsraum, aber ihm gibt der Lehrer ein Zeichen. Langsam steht er auf. Der Lehrer ist schon draußen, schon auf dem Weg zu seinem Zimmer. Aus dem Aufenthaltsraum kommt das Aufschlagen von Tischtennisbällen und Klänge von Rockmusik. Er geht den Gang hinunter, der schwach von Wandlampen erleuchtet ist. Der Gang nimmt kein Ende, und Sven hat das Gefühl, dass lange Schatten auf ihn zukriechen. Dieselben langen Schatten, die seine Eltern warfen, als sie neben ihm am Bett standen und besorgt auf ihn herabsahen. Der Lärm der anderen wird leiser. Die Herberge ist groß und die Gänge lang. Er erinnert sich, gehört zu haben, dass am nächsten Tag noch andere Klassen ankämen. Aus anderen Schulen. Dass es dann richtig fetzig und laut würde.

Vor der Tür des Lehrers bleibt er stehen und lauscht nach innen. Er hört leise Musik. Geigenmusik. Er klopft an und hört ein ruhiges „Herein!". Zögernd tritt er in das Zimmer. Der Lehrer lächelt ihn an und stellt die Musik leiser. Das ist Mozart, sagt er. Kennst du den? Sven schüttelt den Kopf. Komm, setz dich. Der Lehrer wartet, bis er sich auf der Kante des Stuhls niedergelassen hat. Mach dir keine Sorgen, sagt der Lehrer, es ist nichts von Bedeutung, was ich mit dir besprechen will. Nichts von Bedeutung? Geht es vielleicht gar nicht *darum*? Dass dich einer verpetzt hat, finde ich viel mehr von Bedeutung als die Sache selbst, sagt der Lehrer. Wieder lächelt er ihn an. Komm, entspann dich. Ist doch alles okay. Er rückt ein Stück näher an Sven heran. Hör zu, ich verrate dir jetzt ein Geheimnis. Er neigt sich noch ein wenig vor. Sven sieht, dass um seine Augen ein Faltennest gewoben ist. Ich hab' ins Bett gemacht, bis ich zwölf war, sagt der Lehrer leise. Immer dann, wenn ich Stress hatte, verstehst du? Und Stress hatte ich oft … Er richtet sich auf. Jedes Kind hat Stress, sagt er. Das ist ganz normal. Das gehört dazu. Und die einen reagieren so darauf, und die anderen eben anders. Also – mach dir keine Sorgen. Das hört irgendwann von ganz alleine auf. Er klopft ihm leicht aufs Knie. Du bist in Ordnung, sagt er. Und jetzt geh zu den anderen. Oder geh auf dein Zimmer. Und vergiss Mozart nicht.

Mit weichen Knien steht Sven auf. Er kann sich kaum auf den Beinen halten. Er öffnet den Mund, aber es kommt nichts heraus. Ist schon gut, sagt der Lehrer und schiebt ihn Richtung Tür. Nicht weitererzählen, hörst du? Er grinst. Wie steh ich denn da, wenn das alle wissen! Mach ich nicht, krächzt Sven. Dann ist er draußen. Geht den Gang hinunter. Die Lampen verbreiten ein weiches, freundliches Licht. Der Boden ist mit einem dunkelgrünen Teppichboden ausgelegt und dämpft das Geräusch der Schritte. Sven schwebt. Er hört, wie die anderen laut lachen. Einer von ihnen hat schon eine tiefe Stimme, und das hört sich lustig an, weil die der anderen noch kindlich hoch sind. Es ist Jakob, der einmal sitzengeblieben ist. Sven denkt an Jan. Nein, der war es nicht. Es war Chris. Aber was macht das schon. Chris hat auch Stress. Er überlegt, ob er in den Aufenthaltsraum oder in sein Zimmer soll. Am liebsten hätte er noch mehr Musik gehört. Die Musik klang so fröhlich. So, wie ihm ums Herz ist. Dazu passt die laute Rockmusik überhaupt nicht. Wo der Gang sich zweigt, bleibt er stehen. Er kann nicht Tischtennis spielen. Aber er könnte es ja mal versuchen. Denkt er, und seine Schritte lenken sich ganz allein in Richtung Aufenthaltsraum. Zu den anderen.

Später, am Abend, als sie sich ins Bett legen, merkt Sven, dass es jemand neu bezogen hat. Die Laken duften frisch nach Waschmittel, und er kuschelt sich hinein. Alle sind müde, und Jan knipst das Licht aus. Wieder ist es stockdunkel. Immer noch keine Sterne, kein Mond. Aber die dunkle Luft ist wie laues Wasser. Angenehm. Er zieht sich die Decke hoch bis zum Hals. Dann schläft er ein. Als er aufwacht, ist etwas anders, und er weiß auch sofort, was. Das Laken ist trocken. Das Laken ist trocken! Er kann es kaum glauben. Jan ist schon wach. Chris schnarcht laut, und auch Florian regt sich noch nicht. Jans Kopf erscheint. Er schaut schnell auf Chris, dann beugt er sich noch ein wenig tiefer. Tut mir leid, flüstert er. Sven grinst ihn an. Ist schon okay, sagt er. Großmütig. Froh.

Auch zuhause ist das Bett neu bezogen. Mit Bettzeug, auf dem kleine Teddybären und kleine Fußbälle zu sehen sind. Das ist ja wohl lächerlich. Ist er denn noch ein Baby? Er muss seiner Mutter sagen, dass das Zeug ausgedient hat. Er will Rennautos darauf. Oder gar nichts. Das wäre am besten. Gar nichts.

An einem der folgenden Tage nimmt er seine Geige. Erst stimmt er sie sorgfältig. Das dauert eine Weile. Dann nimmt er den Bogen zur Hand und denkt an Mozart. An diese Himmelsmusik im Zimmer seines Lehrers. Ihr Klassenlehrer ist wieder gesund, und Herr Lahner ist zu seinen eigenen Schülern zurückgekehrt. Chris wohnt jetzt bei seinem Vater. Sven streicht ganz sachte über die Saiten. Noch einmal, und noch einmal. Dann spielt er die Tonleiter. Und dann das Stück, das ihm seine Klavierlehrerin aufgegeben hat. Es klingt nicht schlecht. Nein, verdammt noch mal, es klingt gar nicht so schlecht!

Sven grinst. Er möchte auch einmal ein Faltennest um die Augen haben, denkt er. Später.

lucy

Ganz ehrlich: was denen zugestoßen ist, würde ich gern verstehen. So ein schönes Paar. Und zwei liebe Jungs. Und jetzt sind sie in alle Winde verstreut, wie man so sagt, die Frau hat einen neuen Mann, sie hat die Kinder mitgenommen, und er ist allein und hockt in irgendeiner Wohnung in der Stadt. Was für ein Jammer. Aber ich erzähl' mal von vorne. Wie alles begann.

Sie mit dieser Lockenflut. Kohlrabenschwarz, und bis auf die Hüfte fallend. Sie war als Erste da. Sie parkte ihren Wagen, was ich von meinem Balkon gut sehen kann, und dann stellte sie sich vor das Haus, stützte die Hände in die Hüften und schaute es an. Den kleinen Vorgarten mit dem niedrigen Zäunchen rundrum. Kopfschütteln. Keine Ahnung, warum. Dann die Haustür, die Fenster. Den roten Anstrich. Besonders groß sind die Häuser hier nicht, schmal, mit kleinen Räumen, aber auf vier Etagen, darüber ein Flachdach. Sie stand also da und besah sich alles, und ich besah sie. Sie trug einen kurzen schwingenden Rock und Flipflops und eine karierte Bluse, die ziemlich tief ausgeschnitten war. Sie wühlte in ihrer bauchigen Handtasche und förderte den Hausschlüssel zutage und schloss auf. Für mich war's das erstmal. Ich zündete mir eine Zigarette an und wartete darauf, dass sie wieder rauskam. Lange dauerte es nicht. Was ich damals nicht wusste, aber heute weiß: ihr Mann war damals schon in S., er hatte die psychotherapeutische Praxis eines schwer erkrankten Freundes übernommen und wohnte in einem kleinen Appartement und wartete darauf, dass seine Familie nachzog. Das erzählte sie mir alles im Lauf der Zeit. Ich hatte meine Zigarette erst halbfertig geraucht, als sie wieder auf der Bildfläche erschien. Sie hatte ihre Haare zu einem schlampigen Knoten gebunden, und da an diesem Tag ein frischer Wind ging, wehten ein paar Strähnen um ihr Gesicht. Nicht viel später kam ein Lieferwagen. Er war bunt angemalt. Sowas sieht man hier sonst nie. Dieser Farbklecks in unserer Straße, voller bunter Punkte war er, schien schon ein älteres Gefährt zu sein, denn der Auspuff knatterte ziemlich. Keine Ahnung, wie der es von Berlin hierhergeschafft hatte. Ein schlaksiger Kerl in kurzer Hose und mit haarigen Beinen sprang raus, und dann trugen sie alles ins Haus. Darauf muss ich näher eingehen, denn wenn man dachte, sie hätten Möbel, wie eine normale Familie Möbel hat, war man falsch gewickelt. Matratzen hatten sie, zwei schmale und eine breite, einen großen Teppich, und dann gab es Kisten, was da drin war, konnte ich natürlich nicht sehen. Offensichtlich wollten sie die Möbel hier kaufen und hatten die alten in Berlin zurückgelassen. Nun, konnte mir egal sein. Was ich später herausfand, war, dass sie alles vom Sperrmüll holten. Einen Tisch und sechs Stühle, ein altes Sofa. Da taten sie eine bunte Decke drauf. Ach ja, zwei Sessel kamen noch hinzu. Das war die Wohnzimmereinrichtung. In die Kinderzimmer schmissen sie die Matratzen, die Jungs bekamen einen alten Schreibtisch und ein Regal aus Obstkisten für die Schulbücher, das war's. Verstehen Sie: so richtet man sein Haus in unserer Straße nicht ein, ganz und gar nicht! Sie waren doch keine Studenten mehr! Und dann, was das Tollste war, stellten sie noch so ein Gammelsofa vors Haus. Damit sich jeder Gast gleich niederlassen konnte. Wenn es regnete, wurde es nass. Ich hab' immer mal wieder jemanden gesehen, der sich hineinsinken ließ und mit einem Schrei wieder hochsprang.

Das war ihnen offenbar piepegal. Eine Schultafel wurde neben das Gammelsofa gestellt. Jeden Tag wurde was draufgeschrieben: dass sie einen Kuchen gebacken hatten, wer ein Stück wollte, sollte einfach klingeln. Dass sie ein gebrauchtes Trampolin suchten. Dass sie ein Straßenfest veranstalten wollten, und wer was mitbringen wollte, sie würden für Grill und Fleisch sorgen. Manchmal malten sie auch einfach ein buntes Bild darauf. Immer wehten Luftballons am Gartenzaun. Übrigens hatten sie das Haus nicht gekauft, sondern nur gemietet, ich hab' mich mehr als einmal gefragt, ob sich der Vermieter die Bescherung mal angesehen hat. Wie es drin aussah, meine ich. Ach, Sie machen sich keine Vorstellung, was im Lauf der Zeit alles geschah. Aber ich will nicht vorgreifen. Sie zogen ein, sie und er und die zwei Jungs, sechs und acht Jahre alt, süße Kerle, der eine schwarzhaarig und lockig wie die Mutter, der andere mit einem schmalen sanften Gesicht wie der Vater und blond wie er. Die beiden durften alles. Lange aufbleiben, auch in der Schulzeit, in den Garten pinkeln, laut brüllen, wenn ihnen danach war, fernsehen bis ultimo, und einer bekam ein Schlagzeug, der ältere, glaube ich, darauf haute er zu jeder Tages- und Nachtzeit rum, dass die Fenster klirrten. Freie Entfaltung nannte sie das. Sie waren allerdings nur die Vorhut. Als nächstes kamen die Tiere. Sie erklärte mir, wenn ich schon in so ein Provinznest ziehen muss, machen wir eben in Natur und Tiere. Sie besorgten sich zwei alte Schränke, stellten sie im Vorgarten auf und stopften Hasen hinein. Sie kauften Hühner und einen Hahn. Ehrlich, ich hab' mich totgelacht in diesen zwei Jahren. Denn die Leute standen Kopf. Ich bin da nicht so, ich bin Frührentnerin, krankheitsbedingt, und ziemlich aufgeschlossen. Und ich muss sagen, die vier sind mir sogar richtig ans Herz gewachsen. Wie dem auch sei, der nächste Nachbar fertigte ein Krähprotokoll an. Jawohl. Schrieb genau auf, wann der Hahn früh erwachte und krähte. Auch tagsüber, und abends. So ein Vieh kräht ziemlich oft! Sie mussten das Tier schließlich in den Keller sperren. Irgendwann wurde es ihnen zu bunt, schließlich war das keine artgerechte Tierhaltung, und sie ließen ihn wieder raus. Die Folge? Der Nachbar bekam einen Schlaganfall. Ein armer alter Herr, er war dem wilden Leben nicht gewachsen. Der Hahn kam weg, die Hühner blieben und legten fleißig Eier. Die kamen auf ein Regal im Vorgarten, ein Glas dazu, mit Deckel, da konnte man sein Geld reinschmeißen. Hunde zogen ein. Ein Hovawart, groß und schwarz, und noch was Räudiges, Altes, sicher aus dem Tierheim. Sie glauben nicht, was hier los war. Sie pachteten eine Wiese und machten Heu. Es dauerte nicht lange, und sie waren überall bekannt. In jeder freien Minute sammelten sie Fallobst, machten Saft ein, verkauften ihn. Aber damit Sie verstehen, warum das hier so auffiel, muss ich Ihnen ein bisschen dieses Viertel beschreiben.

Hier wohnen ordentliche Leute. Oberer Mittelstand, gut situiert, Lehrer, Ärzte, Professoren, Beamte aus der Stadtverwaltung, der Ortsteilbürgermeister. Alle fahren gepflegte Mittelklassewagen. Mein direkter Nachbar ist zum Beispiel Arzt. Er will als nächstes eine Vorrichtung bauen lassen, dass die hässlichen Mülltonnen im Boden verschwinden. Er lässt die Platten im Vorgarten regelmäßig mit einem Hochdruckreiniger saubermachen. Kürzlich kam eine Firma und riss alle Fliesen im Haus raus und verlegte neue. Er findet, dass alle Häuser dringend einen neuen Anstrich brauchen. Und so weiter. Er passt hierher. Aber diese Hippies! Wobei er, der Vater, gar nicht so aussieht. Er sieht eher normal aus, er trägt Jeans und Hemden, und er wirkt sehr sanft, er ist sicher ein guter Psychotherapeut. Dazu spielt er Cello. Davon später mehr. Die ganze Straße guckte und glotzte, wie sie alles aufmischten. Sie mischte alles auf, und er zog mit, jedenfalls wirkte es so. Sie war Erzieherin in einer studentischen Kindertagesstätte, wo die Kinder ebenfalls alles bestimmen konnten, erzählte sie mir, so eine neue antiautoritäre Erziehung, sie sollen unabhängige Persönlichkeiten und keine Befehlsempfänger werden, schwärmte sie mit leuchtenden Augen. Ihre Kinder gingen jetzt auf die Montessorischule. Nicht das, was sie wollte, aber so ein Provinznest hatte eben nicht zu bieten, was die Hauptstadt zu bieten hätte. Ach, überhaupt, dieses Nest, und diese Spießer überall! Ob sie mich dazurechnete? Sie sagte: Meine Güte, jeder lebt für sich, wie in einem Iglu, ein Iglu steht neben dem nächsten Iglu, und gelegentlich streckt mal einer seinen Kopf raus und bringt ein schwaches Grüßen zustande, was ist das denn für eine Welt! Ich gab ihr Recht, natürlich gab ich ihr Recht, ich sagte: Zu DDR-Zeiten war es besser, da half man sich, und sie sagte träumerisch: Ich hätte gern in den Achtundsechzigern gelebt, da war wenigstens was los. Da hättest du gut hingepasst, sagte ich, freie Liebe, nicht wahr, ich grinste, sie grinste, sie sagte: All diese Zäune um die Menschen rum, sie wies auf das Zäunchen in ihrem Vorgarten (wir standen, wie immer, auf der Straße, ich weigerte mich, mich auf ihr Sofa zu setzen), schüttelte den Kopf: So ein Schwachsinn, so was von deutsch, wo gibt es denn dergleichen sonst noch auf der Welt. Sie sagte: Schau doch mal die Kinder in dieser Straße an, wie brav sie sind, wie abgerichtet, wie sie Markenklamotten tragen und genau das wollen, was ihre Eltern wollen, ich sagte nicht, dass ich meiner Tochter auch Markenklamotten gekauft hatte, weil sie so sein wollte wie die anderen in ihrer Klasse, dass ich es nicht übers Herz gebracht hatte, ihr keine zu kaufen, ich gab nicht zu, dass mir ihre

Kinder ein bisschen leid taten, weil sie in Sack und Asche daher kamen, alles *second hand*, versteht sich, in ökologischer Hinsicht natürlich bewundernswert, irgendwelches runtergenudeltes Zeugs, gut zum Toben, und sie tobten ja den ganzen Tag, aber was die anderen Kinder dazu sagten? Der alte räudige Hund schob seinen Kopf unter ihre Hand, und sie streichelte ihn geistesabwesend, die Viecher liebten sie, ich beobachtete, wie der Hovawart sein Bein an den Blumen einer Nachbarin hob, die dummerweise auf ihr Zäunchen verzichtet hatte und nun rausrannte, als sei sie hinter der Gardine gestanden: Machen Sie Ihren Hund an die Leine!, schrie sie erbost, aber Lucy, so hieß die alles aufmischende Zugezogene, lächelte sie freundlich an und sagte: Man muss nicht alles einsperren, was frei ist, da fauchte Frau Hendel: Von Rücksichtnahme haben Sie noch nie was gehört. Ich gab ihr Recht, und ich gab Lucy Recht, insgeheim, ich konnte sozusagen mit allen, was man mir vorwerfen kann, man kann es aber auch bleibenlassen, ich lockte den Hovawart, um die Situation zu entspannen, aber der hatte sich über einen gelben Sack hergemacht, denn heute war Müllabfuhr, und irgendwas Fressbares herausgezerrt, das er sich schmecken ließ. Gehen Sie doch nach Neapel, rief Frau Hendel, hier haben Sie jedenfalls nichts verloren! Da sehen Sie, was bei der deutschen Erziehung rauskommt, flüsterte Lucy mir zu, ich grinste, dann ging sie rüber zu Frau Hendel (das war nicht die mit dem Krähprotokoll, sondern von gegenüber), berührte sie leicht an der Schulter, sagte: Übermorgen ist unser Straßenfest, Sie haben noch gar nicht eingetragen, was Sie mitbringen wollen, nun seien Sie nicht so, es sind doch nur ein paar Blumen, doch Frau Hendel wandte sich ab und ging wortlos in ihr Haus zurück. Die würde wohl nicht zum Straßenfest kommen. Auch recht, ich mochte sie nicht besonders. Innerlich lachte ich mich wieder mal tot. Was war es früher hier langweilig gewesen! Lucy sagte: Heute Nachmittag les' ich der alten Renate vor, die freut sich so, wenn sie mal jemand besucht, ich sagte: Du bist ein Hansdampf in allen Gassen, nicht wahr? Ich hatte ein schlechtes Gewissen, weil ich nicht diejenige war, die der alten Renate vorlas, aber ich hatte keine Lust auf säuerlichen Alte-Frau-Geruch und extralautes Sprechen, denn sie war schwerhörig, die alte Renate. In diesem Augenblick kam Lucys Mann mit dem Fahrrad den Berg hochgestrampelt, stieg schwer atmend neben uns ab, lächelte uns an, küsste dann seine Liebste und sah ihr mal so eben in den wie immer sehr tiefen Ausschnitt auf die üppigen Dinger da drin und legte seinen Arm um ihre schmale Taille und fragte, wo die Kinder seien. Das hätte er nicht fragen müssen, denn sie waren deutlich zu hören, das gebrauchte Trampolin hatte sich eingefunden und war seit ein paar Tagen der große Renner, auch die ersten Nachbarskinder waren auf der Bildfläche erschienen. Erst jetzt fiel mir auf, dass Lucy ein wenig nach Hasenstall roch, ich bin beim Ausmisten, sagte sie: Ciao, Silke, und weg war sie. Ich sah Jens in das leicht gerötete Gesicht, ich fragte: Wie läuft es bei der Arbeit?, er antwortete: Ganz okay, ich fragte: Liegen die bei dir auf der Couch? Nein, er schüttelte den Kopf, ich mach' keine Analyse, ich mach' Gesprächstherapie, worunter ich mir auch nicht viel vorstellen konnte, aber sicher hatte er eine große Ahnung von menschlichen Abgründen, und sensibel schien er auch. Bestimmt ein guter Vater. Denn wenn er Patienten zuhören konnte, konnte er auch seinen Kindern zuhören. Mit unsensiblen Männern kenn' ich mich aus, und so einer war er nicht. Eine glückliche Familie, sie so lebendig, er so sensibel. Ich überlegte, ob ich ihm von meiner missglückten Ehe erzählen sollte oder von irgendeinem

Kindheitstrauma, interessieren würde es ihn bestimmt, aber dann ließ ich es doch. Also sagte ich nur: Dann bis übermorgen. Er überlegte: Übermorgen? Das Straßenfest, sagte ich. Ach ja, das, sagte er. Sie hängt sich ganz schön rein, nicht wahr? Ich nickte. Sie bringt wenigstens mal Leben in die Bude, sagte ich. Er lächelte stolz.

Sie verschickte Einladungskarten an alle die Straße rauf und runter, woher sie nur die Zeit dafür nahm, hatte bunte Papiersplitter ausgeschnitten und in Blumenform draufgeklebt, schrieb an Menschen, die sie gar nicht kannte, die noch nie bei ihr angehalten und Eier oder Saft gekauft hatten, noch nie hatte sich einer die Mühe gemacht, ein Straßenfest zu veranstalten, Biertische anzuschleppen und einen Grill und ein Bierfass aufzustellen, Respekt, dachte ich, voller Neugier, wie die Bewohner darauf reagieren würden. Jeden hatte sie gebeten, einen Salat oder eine sonstige Beilage mitzubringen. Alle kamen bei weitem nicht, aber doch einige, sie schauten erst abwehrend, dann abwartend und schließlich, da das Bier in Strömen floss, einfach nur gut gelaunt aus der Wäsche, wieder dachte ich: Recht hatte sie, die Eisiglus zum Schmelzen zu bringen, ist doch viel schöner so. Es war nur einer dabei, der ihre lockere Art gründlich missverstand, der ihr an den Po fasste, den ein sehr kurzer Rock grade noch bedeckte, aber solche Deppen gibt es überall, es juckte sie auch nicht weiter, ein Klaps auf die Hand, fertig. Die Kinder rasten rum wie aufgezogene Uhrwerke, wenn einer ihrer Jungs bei ihr vorbeikam, hüpfte er auf ihren Schoß, wurde geherzt und geküsst und wieder runtergeschubst. Schwalben schossen über den Himmel, der sich langsam verdunkelte. Sie hatte auch alte Freunde eingeladen, die von wer weiß woher angereist waren, sie hatte draufgeschrieben, Übernachten kein Problem, und als einer von ihnen fragte, wo er schlafen könnte, winkte sie mir, stand auf, sagte: Komm mit, keine Ahnung, warum, und führte uns zu ihrem Haus, das ich bis zu diesem Tag noch nicht von innen gesehen hatte. Also ehrlich: es war ein Saustall. Überall lag was rum, Wäschestücke, Handtücher, die Kinder machten grade eine Kissenschlacht und schmissen alles, was ihnen unter die Finger kam, einander auf die Köpfe, und sie sagte zu ihrem Freund: Hau dich einfach irgendwo hin. Er starrte sie fassungslos an, da sagte sie: Seit wann bist du denn so bürgerlich?, und kicherte über sein entsetztes Gesicht. Er war sauer, aber er machte gute Miene zum bösen Spiel. Ich sagte schnell: Kommen Sie mit zu mir, ich hab' jede Menge Platz, ich lebe allein gegenüber. Dankbar krallte er seine Tochter: Zeit, dass du ins Bett kommst, sie war tatsächlich fix und fertig, aber gleichzeitig total aufgedreht, und folgte mir. Ich überzog den beiden ein Bett und eine Klappmatratze im Gästezimmer, das früher das Zimmer meiner Tochter gewesen war, zeigte ihnen, wo das Bad war (sehr sauber und aufgeräumt), bot dem Papa noch einen Schnaps an, den er nicht ausschlug, er sagte: Ich schätze Lucy sehr, aber für manche Dinge hat sie einfach kein Gefühl, was ich im Raum stehenließ, was hätte ich auch sagen sollen. Hoffen wir nur, sagte er, dass alles gut geht, was er damit meinte, ließ er im Ungewissen, er verabschiedete sich schnell für die Nacht, nicht ohne sich noch mal herzlich bedankt zu haben. Unten grölte der Depp noch ein bisschen rum, dann wurde es still. War eigentlich schön, mal wieder Gäste zu haben, und die verdankte ich Lucy. Für mich war sie ein Gewinn, ein Gewinn durch und durch.

Komischerweise änderte sich am Verhalten der Nachbarn nach dem Straßenfest nichts. Man kehrte zur Normalität zurück, schien es, und die bestand eben darin, dass jeder sein Ding machte und zu tun hatte, was gab es an Wochenenden nicht alles zu erledigen, der Rasen musste gemäht werden, der Mülltonnennachbar wurde mit einem Gasbrenner gesehen, mit dem er dem Unkraut den Garaus machte, und später stellte er an die zehn Ameisenköder in seinem Garten auf. Auf seiner Terrasse ließ er Bretter aus Südamerika verlegen. Lucy machte ihn dafür zur Schnecke oder versuchte es jedenfalls, aber er lachte bloß. Einmal sagte sie zu mir, dass einer der Jungs mit seinem Lehrer Probleme hätte. So ein Arschloch, sagte sie, er hat mich in die Schule zitiert und mir nahegelegt, Struktur in den Tagesablauf zu bringen, Franz sei fahrig und unkonzentriert, weißt du, was ich zu meinem Jungen gesagt habe? Sag ihm, nur Langeweiler bräuchten Struktur. Aber so ist das eben in der Provinz. Keine Ahnung haben die hier. Lucy, sagte ich vorsichtig, vielleicht hat er ja ein ganz kleines Bisschen Recht? Sie grinste. Hat er nicht, sagte sie. Thema erledigt. Aus der Ruhe bringen ließ sie sich nicht.

Jens hatte einen großen Auslauf für die Hasen gebaut, der an einer Stelle wohl irgendwann undicht wurde, denn eines Tages waren die Karnickel los, hüpften die Straße rauf und runter, Autos mussten stehenbleiben und hupten, was das Zeug hielt, Lucy und Jens waren auf Arbeit, die Kinder in der Schule, und nun? Frau Hendel rief die Feuerwehr. Die knallen der eine Rechnung hin, dass sie mit den Ohren schlackert, sagte sie zufrieden und schaute auf ihre Blumen, samt und sonders vollgepinkelt und im Begriff, einzugehen. Ich hopste einem Kaninchen hinterher, aber es gelang mir nicht, es zu fangen. Die Feuerwehrmänner hatten ordentlich Spaß, kann ich Ihnen sagen! Zuallererst zogen sie ihre Zigaretten aus der Tasche und zündeten sich eine an, und Frau Hendels Gardine bewegte sich leicht. Dann holten sie große Kescher aus dem Truck und fingen die Viecher ein, und sie ließen sich Zeit damit, offenbar brannte es nirgends. Sie packten sie in die zwei alten Schränke und fuhren wieder fort. An diesem Abend, keine Ahnung, ob es da einen Zusammenhang gab, konnte man Jens im Garten Cello spielen hören. Schwermütige Töne wehten gen Himmel. Die Frau des Schlaganfallopas, der mittlerweile im Pflegeheim war, erschien auf dem Balkon und schrie etwas, das ich nicht verstehen konnte. Oder weinte sie? Daraufhin spielte Jens was Fröhliches, und die Kinder rannten aus dem Haus und tanzten lachend um ihn rum. Die alte Frau verschwand. Sie tat mir leid, und gleichzeitig fand ich, dass sie sich freuen könnte, einen Künstler als Nachbarn zu haben. Ist ja schließlich nicht jedem vergönnt. Na ja, und dann, ein paar Monate später, ging das Gerücht, sie wollten sich ein Schwein anschaffen. Aber es kam nicht dazu, wahrscheinlich deswegen, weil aus dem Sommer Herbst und aus dem Herbst Winter wurde und sie dazu ja einen Stall bauen müssten und dazu nie im Leben eine Genehmigung bekämen. Aber das Gerücht hielt sich trotzdem. Es schien, als ob alle darauf warteten, von lauten Grunzlauten geweckt zu werden. Es wäre der Gipfel. Es stünde für Eindeutigkeit. Dann endlich wüssten sie endgültig, was sie von Madame und Monsieur zu halten hätten. Man sprach sogar schon, hinter vorgehaltener Hand, über dieses Schwein. Man gab ihm einen Namen. Alfons. Was Lucy nicht vermocht hatte, mit Ausnahme eines einzigen Abends, vermochte Alfons. Er schweißte sie zusammen. Wann endlich wäre es nun soweit! Dann fiel Schnee, Weihnachten kam, man hatte anderes zu tun. Lucy schimpfte: Jeder feiert für sich! Sie hatte eine Idee. Sie schrieb wieder kunstvolle Karten, diesmal mit silbernen Sternchen drauf, sagte, bei ihr stünde am 24. den ganzen Tag über ein riesiger Topf Suppe auf dem Herd, wer vorbeikommen wolle, sei herzlich willkommen. Es kam aber keiner. Doch: ich kam. Und die alte Renate, die holte sie kurzerhand ab. Wir saßen auf den Sperrmüllstühlen, und die Kinder kugelten aufgeregt auf dem Sofa rum. Aufgeregt wegen der baldigen Bescherung. Ich war gespannt, was sie ihnen schenken würden (Fernseher, Handys, Computer waren tabu, sagte ich das schon?) Wollen Sie wirklich wissen, was sie bekamen? Sie bekamen nichts. Sie bekommen Liebe, sagte Lucy, und eine intakte Familie, was wollen sie mehr? Sie heulten zum Steinerbarmen. Auch Jens traten Tränen in die Augen. Renate und mir auch. Lucy verstand die Welt nicht mehr. Meine Güte, rief sie empört, wollt ihr denn bei diesem Konsumrausch mitmachen? Jens, ich fass' es nicht. Jens sagte: Sei nicht gar so streng mit ihnen, es sind doch Kinder! Es war das erste Mal, zumindest das erste Mal in meinem Beisein, dass er sie kritisierte. Sie warf den Kopf in den Nacken und galoppierte aus dem Zimmer. Wir sahen betreten von einem zum anderen. Renate hatte nichts verstanden und lächelte vor sich hin. Jens sagte zu ihr und mir: Tut mir leid, aber ich glaube, das Fest ist vorbei. Die Kinder jaulten auf, die Hunde fielen ein. Ich nahm Renate am Arm, und wir machten uns vom Acker. Ich ging noch ein bisschen mit zu der alten Dame, wir spielten Karten, aber so ganz war ich nicht bei der Sache. Irgendwas lief aus dem Ruder. Ich dachte daran, was ihr alter Freund gesagt hatte: Hoffen wir, dass alles gutgeht. Auch ich war ein bisschen aus dem Tritt. War wohl der Glühwein, den Renate mit meiner Hilfe serviert hatte. Fröhliche Weihnachten!

Man sah sich selten, weil Winter war. Die Hasenschränke waren mit einer dicken Matte behängt, die nur tagsüber für ein paar Stunden weggenommen wurde. Lucy fehlte mir. Sie schippte natürlich keinen Schnee, wieso auch. Manchmal sah ich sie, wenn ich auf meinen Balkon trat und eine Zigarette rauchte, wie sie die Hasen fütterte. Keine Ahnung, wohin die Hühner verschwunden waren, jedenfalls hörte man sie nicht mehr. Es war sehr, sehr still. Lucy hatte aufgehört, die neuesten Neuigkeiten auf die Tafel zu schreiben. Sie stand zwar noch dort, auch das Gammelsofa stand noch dort, aber Reif oder Schnee oder Eis legten sich darauf. Manchmal sah ich die beiden zur Arbeit und die Kinder zur Schule gehen, ich sah sie wieder heimkommen und im Haus verschwinden, wie auch alle anderen zur Arbeit und zur Schule gingen, mit wenigen Ausnahmen, Frau Hendel blieb daheim und Renate und ich und weiter die Straße hinauf sicher auch noch ein paar Alte, Ausgediente, die schon früh die Glotze anstellten und ein langes Mittagsschläfchen hielten. Dass meine Tochter sich nicht meldete, war normal, wir waren im Unfrieden geschieden, wie man so sagt. Ich wartete. Ich wartete, dass Lucy etwas ausheckte. Aber nichts geschah. Also bereitete ich eines Abends einen Grog zu, ging rüber, klingelte. Wer kam, war Jens. Er sah schrecklich aus. Aufgedunsen, bleich, schwankte er nicht ein bisschen? Totenstille im Haus. Wo ist Lucy?, fragte ich. Weg, sagte er. Wie, weg?, fragte ich. Jetzt roch ich seine Schnapsfahne. Weg, wiederholte er dumpf. Nun komm schon, was ist los?, fragte ich. Sie hat mich verlassen, sagte er. Ich starrte ihn an. Aber warum? Sie hat einen anderen, sagte er. Ich war ihr zu langweilig. Und die Kinder? Sind bei ihr, sagte er. Und bei ihm. Haben einen neuen Papa. Er räusperte sich. Dann füllten sich seine Augen mit Tränen. Nicht zum Ansehen. Ich legte meine Hand auf seinen Arm. Jens, sagte ich. Es tut mir so leid. Er schniefte. Ich dachte immer … Ich beendete meinen Satz nicht. Ich versteh's nicht, sagte ich hilflos. Da gibt's nichts zu verstehen, sagte er. Er schnippte mit den Fingern. Aus, Amen. Aber ihr habt doch

Kinder, sagte ich (das kam aus berufenem Munde). Darauf antwortete er nichts. Stattdessen fing er an zu heulen. Komm mit rüber zu mir, Jens, drängte ich. Du kannst jetzt nicht allein sein. Er sagte: Ciao. Und schloss die Tür. Ich hörte ihn drinnen heulen wie einen Wolf. Meine Knie waren weich. Lucy war weg. Lucy hatte ihn verlassen, sie hatte uns alle verlassen. Der Holzweg würde zur Tagesordnung übergehen. Aber ich? Was war mein Leben ohne Lucy? Jetzt hör aber auf, sagte ich mir. Du hast vorher auch ganz gut gelebt, oder nicht? Klar. Aber dann war Lucy gekommen und hatte alles aufgemischt. Und jetzt konnte ich nicht mehr so weitermachen. Ging einfach nicht.

Ich klingelte bei Renate. Ich sagte, nein, schrie: Lucy ist weg. Sie hat ihren Mann verlassen. Soll ich dir was vorlesen? Sie nickte. Bitte, sagte sie. Sie ging vor mir her zu ihrem Sessel und roch so, wie eine alte Frau eben riecht. War mir egal. Wir setzten uns, und sie gab mir ein Buch, in dem ein Lesezeichen steckte. Da hat sie aufgehört, sagte sie.

Ich sah Lucy noch einmal. Sie stand vor ihrem Haus, inmitten all ihres Gerümpels. Sie nahm einen Gegenstand in die Hand und drehte und wendete ihn und legte ihn wieder zurück. Sie war ernst und blass. Dasselbe wiederholte sie mit einem alten Zottelbären der Jungs und mit etwas Flachem, ich glaube, es war eine CD. Ich gab mich nicht zu erkennen, ich stand hinter der Gardine an meiner Balkontür. Auch Frau Hendel hatte Position bezogen. Ich hatte keine Ahnung, warum Lucy gekommen war, denn sie nahm nichts mit. Jens war offenbar schon ausgezogen. Sie schaute noch mal an der Fassade des Hauses empor. Vor ein paar Monaten hatte sie die Jungs eine mannsgroße Figur malen lassen, mit einer roten Hose, einem blauen Hemd und gelben Socken. Die hatte sie ins Fenster gestellt, um die den Holzweg herauffahrenden Autofahrer zu begrüßen. Sie stand immer noch da. Lucy winkte ihr zu.

Und dann lief sie langsam die Straße hinunter. Sie war zu Fuß gekommen, als hätte sie eine letzte Wallfahrt machen wollen. Jetzt lag das Haus verwaist und still. Ich war mir sicher, dass es seufzte. Ich seufzte auch.

Lucy war weg.

Es war eine Tragödie.

don’t think twice it’s alright

Pat saß auf dem Steg und ließ seine Beine ins Wasser baumeln und beobachtete die Hunde, die im See schwammen und nach den Stöcken suchten, die er für sie geworfen hatte. Es war heiß, kein Wind wehte, und das Schilf stand reglos am Ufer. Er fischte in seiner Tasche nach einer Zigarette, zündete sie an und blies den Rauch auf das Wasser, grünliche Schlingpflanzen schwammen darauf und vereinzelt Blätter, die der Wind am Vortag auf den See getragen hatte. Am Himmel zog ein großer Vogel heiser rufend und mit gleichmäßigem Flügelschlag seine Kreise. Grillen zirpten. Die Hunde hatten ihre Stöcke an Land gebracht, schüttelten sich das Wasser aus dem Fell und legten sich hechelnd in den Sand. Pat trank von dem Bier, das er sich aus seinem Cottage mitgebracht hatte. Das Cottage war aus Holzstämmen gebaut, es war nicht groß, und ein knorriger alter Baum hielt seine noch dicht belaubte Krone schützend darüber. Weit und breit keine Nachbarn, nur er und die Hunde. Die Wasseroberfläche des Sees war nun wieder unbewegt und glänzte wie flüssiges Silber. Pat inhalierte tief und stieß den Rauch aus, starrte auf den dunklen Wald auf der anderen Seite des Sees. Laura hatte den Wald nicht gemocht, Laura wollte alles hell und licht und offen. In ein paar Stunden würde sich die Dämmerung herabsenken, die einzelnen Bäume würden zu einer schwarzen Fläche zusammenwachsen, bis auch der Himmel schwarz war. Vielleicht gäbe es ein paar Sterne in dieser Nacht, vielleicht auch nicht, dann würde die Dunkelheit vollständig sein, wenn er sein Licht im Cottage gelöscht hätte. Er warf den Zigarettenstummel ins Wasser, der dort mit einem kurzen Zischen erlosch. Pat zog die Beine an und legte seine Arme darauf. In der Ferne hörte er erst einen Hund bellen, dann Motorengeräusch, das seltsamerweise näherkam. Er richtete sich auf. Die Hunde waren aufgesprungen, sie knurrten leise, mit gesträubtem Fell. Der Wagen hielt hinter den dichten Geißblatthecken, seinen Blicken verborgen. Pat stand langsam auf, der Steg schwankte leicht. An seinem Ende blieb er stehen. Kusch!, sagte er. Widerstrebend legten sich die Hunde hin. Pat hörte Tritte auf dem Kies. Eine junge Frau, langhaarig, in Shorts, Bluse und Turnschuhen, trat aus dem Schatten der Hecken heraus und blinzelte ins Sonnenlicht. Pat hatte sie vor ein paar Wochen bei Freunden kennengelernt. Wie hieß sie doch gleich? Anna. Eine deutsche Studentin, die an der University of Virginia englische Literatur studierte. Er hatte nur wenig mit ihr gesprochen. Er wollte, dass sie wieder ging. Er brauchte keinen Besuch. Er wollte zusehen, wie der Wald schwarz wurde.

Hi, sagte sie, lächelte, kam auf ihn zu.

Hi, sagte er zögernd. Er roch, merkte er plötzlich, leicht nach Schweiß. Und er stand irgendwie krumm, die eine Schulter tiefer als die andere.

Schön hier, sagte sie und schaute sich um. Darf ich sie streicheln?

Noch bevor er etwas sagen konnte, hatte sie die Hunde gelockt. Und sie ließen sich locken, ihr Fell glättete sich, sie winselten leise, hin- und hergerissen zwischen Gehorsam und Neugier. Er sah die Hunde nicht an. Er verlagerte sein Gewicht von einem Bein auf das andere. Meinetwegen, brummte er. Er erinnerte sich: Sie arbeitete auf einer Pferdefarm und hatte vor kurzem ihren Mann verlassen, sprich, ihn weggeschickt. Sie wohnte ebenfalls in einem Cottage, eine halbe Stunde von hier. Er räusperte sich. Willst du etwas trinken?

Sie lächelte ihn an. Sie hatte braungrüne Augen. Sie war etwa Mitte zwanzig. Alt kam er sich vor mit seinen sechsunddreißig Jahren. Die Hunde tollten um sie herum.

Ja, bitte, sagte sie. Sie wölbte die Unterlippe vor und blies sich Luft nach oben über ihr Gesicht.

Bier? Mineralwasser? Etwas anderes hatte er nicht.

Wasser, sagte sie, bitte. Sie bückte sich, um den Hunden einen Stock zu werfen. Am Ansatz der Shorts sah er einen dünnen weißen Streifen Haut.

Ich bin gleich zurück, sagte er.

Beim Hinaufgehen zum Cottage quetschte er die Bierdose zusammen, mit einem hässlichen Geräusch gab sie unter seinen Fingern nach. Er öffnete die Fliegengittertür, trat in die Küche, ging zum Kühlschrank und holte eine weitere Bierdose und eine Flasche Mineralwasser heraus. Das schmutzige Geschirr stapelte sich in der Spüle, auf der Tischdecke waren Flecken. Die Tischdecke war Lauras Idee gewesen. Er zog sie herunter und warf sie ins Schlafzimmer. Sein Magen knurrte. Seit er von der Arbeit nach Hause gekommen war, hatte er noch nichts gegessen. Hoffentlich ging Anna bald wieder. Er hatte keine Lust, ihr etwas zu essen anzubieten. Er hatte ohnehin nichts da außer Brot und Bohnen.

Mit den Getränken in der Hand trat er wieder in den Sonnenschein hinaus. Sie warf den Hunden Stöcke ins Wasser, und er blieb stehen und sah ihr dabei zu. Ihr rötlichbraunes Haar, das sie sich immer wieder ungeduldig aus der Stirn strich, schimmerte kupferfarben im Licht. Langsam ging er auf sie zu, doch sie bemerkte ihn erst, als er direkt hinter ihr stand und sie seinen Schatten sah.

Hast du mich aber erschreckt, sagte sie.

Er reichte ihr das Mineralwasser. Cheers!, sagte er. Er bot ihr nicht an, sich zu setzen. Sie lief auf den Steg hinaus und ließ sich an dessen Ende nieder.

Pat spürte, wie Schweißtropfen an seinem Oberkörper herabrannen. Was wollte sie bloß von ihm? Er nippte an seinem Bier und folgte ihr und setzte sich neben sie. Sie schwieg. Sie schaute über den See auf den Wald und seufzte leise. Aus den Augenwinkeln sah er, dass zwei für ihr Alter ungewöhnlich tiefe Falten von der Nase zu den Mundwinkeln liefen. Warum sagte sie nichts?

Wie gefällt es dir in Amerika?, fragte er.

Sie warf ihre Haare zurück. Geht so, sagte sie leichthin.

Sie schwiegen. Frösche quakten. Die Hunde lagen hechelnd im Sand.

Hast du Hunger?, fragte sie nach einer Weile.

Er grinste verlegen. Sorry, sagte er. Ich hätte dir längst etwas anbieten sollen.

Sie sprang auf. Ich hab' was dabei, sagte sie. Von *Kentucky Fried Chicken*. Mit *Cole Slaw*. Nein sagen verboten! Sie hatte einen ganz leichten deutschen Akzent.

Ich hab' nur Bohnen da, sagte er verlegen.

Sie lief zum Auto und kam mit zwei Papiertüten zurück.

Was schulde ich dir, fragte Pat.

Nichts, sagte sie kurz. Lass uns auf dem Steg essen.

Sie kauten schweigend. Langsam, ganz langsam veränderten sich die Farben. Der Himmel wurde klarer, die Bäume dunkler, der See sah tiefer aus. Die Frösche quakten. Es mussten Dutzende sein.

Ich bin froh, dass ich hier bin, sagte sie.

Freut mich, sagte Pat.

Sie steckte die abgenagten Knochen in die Tüte zurück

und wischte sich mit der Serviette den Mund und die Hände. Was arbeitest du?, fragte sie und sah ihn von der Seite an.

Ich betreue Alkoholiker, die auf Entzug sind, sagte er.

Oh!, sagte sie. Nichts weiter. Ein Käuzchen schrie. Sie rückte ein wenig näher an ihn heran. Pat langte nach seinen Zigaretten. Willst du eine?, fragte er.

Gern, sagte sie. Er gab ihr Feuer und roch einen Hauch von Parfüm. Sie inhalierte tief. Schaurig, das Käuzchen, sagte sie.

Das Cottage lag dunkel am Hang. Er hätte die Außenbeleuchtung anmachen sollen, dachte er. Über den Blue Ridge Mountains, ganz in der Ferne, erschien orangegelb der Mond, stieg langsam höher. Er sah zu ihr hin. Ihre weiße Bluse schimmerte. Ist dir kalt?, fragte er.

Ein bisschen, antwortete sie und blies den Rauch über den See.

Wollen wir rein?

Gern, sagte sie. Wenn es dir nichts ausmacht.

Er ging ihr voran zum Cottage hoch. Er schaltete die Außenbeleuchtung an. An dem alten Baum hing eine Schaukel, sie hing noch vom Vorbesitzer da. Anna lachte entzückt. Sie stieß sich kräftig ab und schwang hoch und höher, und er sah ihr dabei zu. Sie lachte erneut, als sie wieder neben ihm stand. Ihre Zähne blitzten hell auf. Das war schön, sagte sie.

Im Cottage knipste er das Licht an, ging zum Kühlschrank, holte zwei Bier heraus. Lass uns hinausschauen, sagte sie und knipste das Licht wieder aus. Sie standen nebeneinander am Fenster und tranken. Er hörte, wie sie schluckte. Dann, plötzlich, legte sie ihren Kopf an seine Schulter. Sein Herzschlag setzte aus. Er rührte sich nicht. Er spürte, wie ihre Hand nach der seinen tastete. Pat, flüsterte sie. Nimm mich in den Arm – bitte! Sein Arm war schwer, als er ihn hob und Anna um die Schultern legte. So standen sie eine Weile. Dann führte sie ihn ins Nebenzimmer, zu seinem Bett, sie traten beide auf die Tischdecke, die am Boden lag. Die Laken rochen schal. Sie zog ihn nieder, ihre Hände bewegten sich auf seinem Rücken, glitten in seine Hose, bis er sie von sich stieß. Hör auf, Anna!, sagte er unglücklich. Sie begann leise zu weinen. Meine Güte, Anna, flüsterte er. Er berührte zögernd ihre bebenden Schultern. Unter der Berührung erschauerte sie und weinte noch mehr. Er nahm seine Hand fort. Ohnmächtig wartete er, dass sie aufhörte. Das Schluchzen wurde schließlich leiser, verebbte. Reglos, zur Wand gedreht, lag sie da.

Pat, flüsterte sie.

Ja?

Hast du ein Taschentuch?

Ich hol' dir eins.

Danke, sagte sie leise, als er wiederkam. Es – es tut mir leid …

Mir auch, sagte Pat rau. Er nahm seine Zigaretten heraus und zündete zwei an und reichte ihr eine.

Danke, sagte sie. Sie stützte den Kopf auf den Ellenbogen und inhalierte tief.

Nachts habe ich solche Angst, flüsterte sie. So ganz allein auf der Farm.

Er schwieg. Auch er hatte sich aufgestützt und sah sie an. Im Halbdunkel sah ihr Gesicht fahl aus, auf den Wangen lagen Schatten.

Bist du deswegen gekommen?, fragte er.

Ja, flüsterte sie.

Pat drückte seine Zigarette im Aschenbecher aus und stand auf.

Jetzt denkst du schlecht von mir, nicht wahr?, sagte sie.

Pat stellte sich ans offene Fenster und schaute hinaus. Eine Wolke hatte sich vor den Mond geschoben, sodass nur eine hauchdünne Sichel zu erkennen war.

Ist schon in Ordnung, sagte er.

Die Frösche hatten plötzlich zu quaken aufgehört. Es war still jetzt, nur ein leichter Wind strich durch die Krone des alten Baums.

Pat?, kam es vom Bett her.

Ja?

Darf ich heute Nacht auf deinem Sofa schlafen?

Er räusperte sich. Er hatte einen Kloß im Hals. Natürlich, antwortete er heiser.

Sie stand auf und hob die Tischdecke auf und hängte sie über einen Stuhl und ging ins Wohnzimmer. Er brachte ihr eine Decke. Mach es dir bequem, sagte er. Brauchst du sonst noch etwas?

Nein, flüsterte sie. Danke, Pat!

Er ging ins Schlafzimmer zurück und zog sich seinen Stuhl ans Fenster, die Tischdecke warf er in einen schon ziemlich vollen Wäschekorb. Er hörte das Sofa leise ächzen, als Anna sich darauf ausstreckte. Dann seufzte sie tief, und dann war es still. Er zündete sich eine Zigarette an. Der Wind hatte die Wolke weitergetrieben, und das Mondlicht schien zum Fenster herein. Pat rauchte und lauschte nach nebenan. Nach einer Weile stand er auf und schlich ins Wohnzimmer und schaute auf sie herab. Sie hatte sich zusammengekauert, ein entspanntes, fast kindliches Lächeln lag auf ihren Zügen. Er ging zu seinem Fensterplatz zurück und setzte sich wieder hin. Im Wäldchen hinter dem Cottage knackten Äste, ziemlich laut. Vielleicht ein Bär. Als der Morgen graute, stand er auf und legte sich ins Bett. Er starrte an die Decke. Er dachte daran, wie Anna auf der Schaukel gesessen hatte und hin-

und hergeschwungen war. Als er hörte, dass sie sich regte und aufstand, schloss er die Augen. Die Holzdielen knarzten, als sie zur Tür ging. Er hörte ihre Schritte auf dem Kies und dann den Motor ihres Wagens und die Hunde, die in ihren Zwingern winselten. Als sie weg war, ging er hinaus und ließ die Hunde frei. Der Wind hatte sich gelegt, und der See schälte sich langsam aus der Dämmerung. Ein Fetzen Papier trieb über das Wasser zum Ufer hin. Er wartete, bis er angeschwemmt wurde, und hob ihn auf. Das Stück einer Serviette. Er lächelte.

Danke, Anna!, sagte er leise. Die Hunde wedelten mit dem Schwanz und sahen ihn auffordernd an. Er seufzte und warf einen Stock weit, weit über den See.

die sanduhr

Ich beobachte, wie ein junger Vietnamese einen Kleiderständer aus seinem Geschäft rollt und vor dem Fenster aufstellt. Weite bunte Kleiderstücke hängen auf den Bügeln. Der Vietnamese holt noch mehrere Blusen heraus und hängt sie an der Hausmauer in extra dafür eingeschlagenen Haken auf. Ein Stück weiter die Straße hinunter hebt ein Hund sein Bein an einem Laternenpfahl. Der Hund ist ein Pudel, und die langen Haare an den Ohren sind mit einem orangenen Bändchen zusammengebunden. Dadurch sieht das Hundegesicht menschlich aus. Die dazugehörige Besitzerin trägt eine Perücke, dichte dunkelbraune Locken, die sich auf dem Kragen ihres beigen Popelinemantels ringeln. Am Pressehaus ist die heutige Zeitung in einem Schaukasten angeschlagen, und ein rauchender Mann steht davor und liest den Sportteil. Die Sushi-Bar ist noch geschlossen. Die Sushi-Bar ist immer geschlossen, wenn ich am Morgen auf dem Weg zu meinem Laden bin, und der Vietnamese stellt immer seinen Kleiderständer heraus, es sei denn, das Wetter macht ihm einen Strich durch die Rechnung. Ich überlege mir, ob es mich beunruhigen würde, wenn eines Morgens die Sushi-Bar schon geöffnet hätte, oder wenn der Vietnamese seine Kleider nicht feilbieten würde. Ich kann nicht entscheiden, ob es einen Unterschied machen würde oder nicht. Vor der gläsernen Einkaufspassage ist ein Spruchband über die Straße gespannt mit der Ankündigung einer Fotoausstellung. Darunter steht ein kleines Wohnmobil, aus dem heraus eine Bäckersfrau frische Backwaren verkauft. Ich habe schon zuhause gefrühstückt und finde nichts abstoßender als auf der Straße ungehemmt kauende Menschen mit Bröseln auf den Lippen und Speichel in den Mundwinkeln, und ich gehe weiter, ein bisschen schneller als vorher. In der Auslage meines Geschäfts sind Bücher angeordnet, Klassiker, auch einige wenige Werke zeitgenössischer Literatur, die von Rezensenten empfohlen wurden. Ich stecke den Schlüssel ins Schloss und drehe ihn herum. Plötzlich frage ich mich, ob ich die nächsten zwanzig Jahre täglich auf diese Weise den Laden aufschließen werde, und gleichzeitig frage ich mich, ob es von Bedeutung ist, dass ich jetzt mit einem Mal diese Frage stelle. Mehr von Bedeutung ist vielleicht die Tatsache, dass ich mir bisher nie diese Frage gestellt habe. Am Morgen hatte ich ein Büschel Haare in meinem Kamm. Und ein hinterer Backenzahn wackelt seit ein paar Tagen. Ich kann es nicht leugnen, dass mich die Schwachheiten und Niederungen des Alterns anwehen. Dagegen habe ich nichts vorzubringen, nur ein seltsames Gefühl von Mattigkeit und Überdruss kommt mich an, wenn ich auf meine Hände sehe, die ganz eindeutig die ersten Altersflecken aufweisen. Unregelmäßige hellbraune Gebilde. Ich stehe in meinem Laden und mache Licht, obwohl es draußen hell ist, denn ich finde, dass es anheimelnd wirkt, wenn ein Strahler die Bücher, die um den Ladentisch angeordnet sind, beleuchtet. Heute ist es *Die Häutung der Zwiebel*, auf die der Spot fällt. Auf den Lichtstrahlen tanzen Staubkörnchen. Ich biete Bücher auch antiquarisch an, und wenn ich eines der alten Exemplare in die Hand nehme und den Deckel öffne und wieder zufallen lasse, steigt eine Staubwolke auf. Manchmal denke ich, dass sich der Staub schon längst in meinen Poren festgesetzt hat. Mein Laden ist klein und verwinkelt. Ich stelle den Computer an. Mein Computer ist meine Verbindung zur modernen

Welt, der ich ansonsten sehr skeptisch gegenüberstehe. Und den Computer habe ich nur, weil mir sonst die Kunden davonlaufen würden. Oder würden sie vielmehr in Scharen bei mir einfallen? Immerhin biete ich persönlichen Service. Es gibt keine Espressomaschine, aber einen Menschen, der sich Zeit nimmt. Ist Zeit etwas, von dem ich wirklich genügend habe? Bis vor kurzem habe ich das angenommen.

Dass mein Laden knarzende Holzdielen und eine leise scheppernde Türklingel hat, sollte noch erwähnt werden. Diese Türklingel legt sich jetzt mächtig ins Zeug, als die erste Kundin hereinweht, eine große lockige Frau mit schmalen Hüften und großen Füßen und einer Brille mit dicken Gläsern. Sie hat erneut eine Netzhautablösung gehabt, und ich bedaure sie eloquent, als sie beschreibt, wie man mit Laserstrahlen die Netzhaut wieder befestigt hat. Diese Kundin ist eines meiner imaginierten Bratkartoffelverhältnisse. Sie würde mich am liebsten regelmäßig bekochen, und sie sagt mir oft, dass ich zu dünn bin. Sie möchte ein Buch mit großzügigem Druck, und ich schlage Adalbert Stifter vor. Adalbert Stifter beruhigt, sage ich, und sie lächelt dankbar.

Als sie gegangen ist, nehme ich einen neuen Bildband über Vietnam zur Hand. Ich stelle mir vor, wie es wäre, nach Vietnam zu reisen, aber die Vorstellung, dort dauernd von kleinen ewig lächelnden Menschen umringt zu sein, hat etwas Verstörendes. Auch ein Flug ist undenkbar. Ich brauche Bodenhaftung. Ich lege den Bildband wieder hin. Ich habe noch ein leichtes Sodbrennen vom Wochenende, wo mir meine Mutter eine Dose Sauerbraten von *Aldi* serviert hat. Meine Mutter hasst es, zu kochen, doch wenn ich komme, was jedes Wochenende der Fall ist, muss etwas Ordentliches auf den Tisch, sagt sie. Dazu gab es Kartoffelbrei aus der Tüte und Zucchini von *Bofrost*. Ich habe immer das Gefühl, dauernd gähnen zu müssen, wenn ich bei meiner Mutter bin. Es ist wie ein Krampf in den Kaumuskeln, den ich so gut es geht zu verbergen suche. Es wäre furchtbar, wenn meine Mutter ihn bemerken würde. Sie sieht die Welt als einzigen Affront, der gegen sie gerichtet ist. Am liebsten sitzt sie in ihrem Sessel und strickt Lochpullover in Pastellfarben. Sie würde denken, ich langweile mich bei ihr, und das darf nicht sein.

In unmittelbarer Nähe meines Ladens ragt ein Hochhaus auf. Es ist rund und das einzige am Platz, und wenn ich meinen Kopf in den Nacken lege und an der verspiegelten Fassade hochsehe, fühle ich mich wie in der Wall Street in Manhattan, die ich von Bildern kenne. Ich muss nicht reisen, um überall gewesen zu sein. Die Straße vor meinem Laden hat Schiller auf dem Weg zu seiner Antrittsvorlesung durchschritten; ich befinde mich also in bester Gesellschaft. Dort, wo sich jetzt am Fuß des Hochhauses ein Einkaufszentrum befindet, stand das Haus des Kantianers Reinhold, und auch Goethe war bei ihm zu Gast. Ich lebe in einer Stadt mit Vergangenheit, was mich der Pflicht enthebt, selber eine Vergangenheit zu haben. Einmal im Jahr zieht der Zug der Geister durch die Stadt, in Originalkostümen verkleidete Einwohner, die bedeutende Persönlichkeiten, die hier zugange gewesen sind, darstellen. Der Zug ist endlos und verleiht mir ein tiefes Gefühl der Zugehörigkeit. Ich stehe auf geweihtem Boden, sozusagen.

Immer wieder geht die Türglocke. Ich kenne all meine Kunden mit Namen, und ich kenne ihren Geschmack und ihre Vorlieben, was Literatur betrifft. Keiner verlässt meinen Laden, ohne etwas gekauft zu haben. Jedes Buch wickle ich sorgfältig in Geschenkpapier ein. Die Handbewegungen, die notwendig sind, das Papier akkurat zu falzen, verrichte ich mit Bedacht, ich lasse mich nicht hetzen, ich setze der Schnelllebigkeit der modernen Zeit bewusst etwas entgegen. Was mich sehr stört, ist die Tatsache, dass die Bücher, die neu geliefert werden, in Plastikfolie eingeschweißt sind. Das verdirbt einem die Genugtuung, die man empfindet, wenn man ein Buch durchblättert, die Hand auf den Umschlag legt, mit einer gewissen Zärtlichkeit das Papier, manchmal rau, manchmal glatt, unter den Fingern spürt, den Druck begutachtet. Über einen schönen Umschlagentwurf kann ich ins Schwärmen geraten. Heute allerdings fühle ich mich ein wenig unwohl, des Sodbrennens wegen, nehme ich an. Mein Laden erscheint mir sehr klein und eng, der Abstand zwischen Ladentisch und Wand minimal, die Luft sehr trocken. Draußen rattert ein großer Lastwagen vorbei, und die Wände erschauern in einem leichten Zittern. Mein Vorrat an Geschenkpapier geht zur Neige, was mich plötzlich beunruhigt, noch nie habe ich vergessen, rechtzeitig für neues zu sorgen. Der Laden ist momentan leer, und ich gehe in den kleinen Raum nebenan, wo die neu eingetroffenen Buchlieferungen gestapelt werden. Dort befindet sich ein kleines Waschbecken mit einem Spiegel darüber, und ich wasche mir sorgfältig mit einem Stück Kernseife die Hände und trockne sie ab. Dann lehne ich mich vornüber und nähere mein Gesicht dem Spiegel und zerteile vorsichtig meine Haare. Mir wird ein wenig weich in den Knien. Die Kopfhaut schimmert rötlich durch die an einer Stelle dünnen Haare. Ich bekomme eine Glatze, kein Zweifel. Die Türglocke macht Dingdong, Dingdong, und ich atme tief ein. Ich lege meine Stirn konzentriert in Falten, dass es aussieht, als sei ich eben noch in die Lektüre eines spannenden Buches vertieft gewesen. Dann betrete ich den Laden, ein zuvorkommendes Lächeln auf den Lippen.

Die Frau, die soeben eingetreten ist, habe ich noch nie gesehen, und ich weiß sofort, dass sie nicht aus dieser Stadt ist, in der sich die Menschen aus Billigläden versorgen. Sie ist teuer angezogen, denke ich, wobei ich kein Experte in Bezug auf teure Kleidung bin, aber ich bin mir sicher, dass das elegante Lederkostüm, das sie trägt, viel Geld gekostet hat. Es schimmert im Licht des Spots. Die Kundin hat lange Haare, die sie im Nacken zusammengebunden hat, allerdings so, dass die vorderen Strähnen locker um ihr Gesicht fallen. Und sie hat auffällig geschminkte Lippen, nicht grell, aber sie ziehen den Blick auf sich. Karmesinrot nennt man die Farbe, glaube ich. Ich möchte einem Menschen, auch einer Frau, nicht auf den Mund starren, wenn ich mit ihm/ihr rede, aber ich kann nicht anders, das Rot ist irritierend, nein, die Lippen sind irritierend, ihr heftiger Schwung, die Winkel, wo sie auslaufen, die Lippen bewegen sich, ein Lächeln zieht sie auseinander, kühle graue Augen sehen mich an. Und die Kundin hinkt. Es ist ein schwaches, fast unmerkliches Hinken, aber es bleibt mir nicht verborgen. Sie verlangt den Roman einer isländischen Autorin, die ich nicht kenne. Ich wende mich dem Computer zu. Mein linker Arm hängt herunter, als ich den Namen eingebe, der nur aus Konsonanten zu bestehen scheint. Ich stelle mir vor, einen gebrochenen Arm zu haben, im Gips, man würde mich auf mein Ungemach ansprechen, ich würde nonchalant lächeln, über die freundliche Frage hinweggehen, souverän den Namen Baldursdóttir eingeben, sehen Sie, was ist schon ein gebrochener Arm, ich bin allem gewachsen, ein kleines Unglück wirft mich nicht aus der Bahn; doch wie die Dinge sind, spüre ich, wie die Kundin meinen Arm mustert, der auf einmal im Mittelpunkt meiner Bemühungen steht, ich hebe ihn an, stütze mich möglichst lässig auf das kleine Tischchen, auf dem der Computer steht. Das Buch ist morgen vorrätig, sage ich. Jetzt erst merke ich, dass sie dezent duftet. Auch das ist außergewöhnlich, die Frauen hier, zumindest die, die bei mir einkaufen, sind meistens älter und scheinen keinen Wert auf derlei zu legen. Ich drucke die Auftragsbestätigung aus und reiche sie ihr. Dabei berührt meine Hand die ihre; sie ist kühl, und die Nägel sind, wie ich aus den Augenwinkeln bemerke, rot lackiert. Plötzlich denke ich daran, wie ich als kleines Kind durch den Tiergarten geschoben wurde und wie meine Eltern an einem kleinen Teich Halt machten, wo Flamingos lebten, und wie ich zu weinen begann, als ich feststellte, dass manche Tiere nur ein Bein hatten, ein langes, dünnes Bein, das kaum das Gewicht ihres rosaroten aufgeplusterten Leibs tragen konnte. Voller Gram verbargen sie ihren Kopf unter ihrem Flügel. Ich spüre, wie meine Augen zu tränen beginnen, und ich zwinkere ein paar Mal. Ich bin verblüfft darüber, dass rote Lippen und Fingernägel eine solche Erinnerung auslösen können. Mehr noch: ich muss mich zusammenreißen, um dem Impuls nicht nachzugeben, sie mit der Fremden zu teilen. Sie legt *Die Häutung der Zwiebel*, in der sie geblättert hat, auf den Ladentisch zurück und sieht mich kurz an. Danke, sagt sie, und: Bis morgen. Dann wendet sie sich um, und ich sehe, dass ihre Haare sehr lang sind und die Spitzen bis fast auf die Hüften herabhängen. Sie trägt zierliche Stiefeletten. Das rechte Bein zieht sie leicht nach. Es ist dünner als das linke. Ein Auto hupt. Die Tür fällt ins Schloss.

Mittags schließe ich den Laden für zwei Stunden und gehe nach Hause. Probeweise ziehe ich mein linkes Bein ein wenig nach, und plötzlich habe ich einen anderen Blick auf die Welt. Es ist keine Selbstverständlichkeit, eine vielbefahrene Straße gefahrlos zu überqueren. Eine Taube mit verkrümmten Krallen hackt nach einem halben Brötchen. Von einem

Gebäude, einem ehemaligen Gasthof, bröckelt der Verputz ab. Eine Gruppe von Touristen steht an der Ecke. Die Stadtführerin redet von Luther und der Reformation; Luther hat elfmal hier in der Kirche gepredigt. Die Stadt hat, denke ich, eindeutig musealen Charakter, trotz des runden Hochhauses, das sozialistischen Zeiten geschuldet ist und wie ein Fremdkörper wirkt. Man lebt von dem, was einmal war. Ob meine Kundin auch an einer Stadtführung teilnimmt? Mithinkt? Ich denke an die kleine Bewegung, mit der sie in der Hüfte abgeknickt war. Sie war anrührend, diese Bewegung. Und die Augen blickten kühl, ja, aber auch – ich weiß nicht. Die Stadtführerin geht mit ihrer Gruppe weiter, dorthin, wo sich das erste Universitätsgebäude befunden hat. Auch heute noch gibt es eine Universität, aber die Studenten kommen aus dem umliegenden Land und fahren am Wochenende zu Muttern. So wie ich. Wäschewaschen. Sauerbraten essen. Am Wochenende ist die Stadt leer, von den Touristengruppen abgesehen. Die Augen der Hinkenden blickten traurig. Unerlöst. Ich komme am *Aldi* vorbei. Ich werde mir eine Dose Ravioli zum Mittagessen gönnen. Der Salat ist welk. Ich nehme einen Kopf in die Hand, um nachzuprüfen, ob im Innern noch gute Blätter vorhanden sind, und plötzlich finde ich es unerträglich, dass ich tatsächlich in Betracht ziehe, welken Salat zu essen. Und Ravioli aus der Dose. Ich lege den Kopf an den Stand zurück. Aber was wäre die Alternative? Es soll schnell gehen, und es darf nicht viel kosten, denn mein Laden geht nicht sehr gut. Mir fällt nichts ein, und ich nehme doch die Dose, aber nicht den Salat. Draußen ist ein kurzer Schauer niedergegangen, und die Straße ist nass. Ich blicke die nasse Straße hinunter, auf die nassen Autos, die an der Seite geparkt sind, auf die nassen Dächer, die in der Sonne blitzen. Die Fenster am Hochhaus funkeln so hell, dass ich die Augen zusammenkneifen muss. Etwas hebt mich – irgendein Impuls, der aber sofort gebremst wird, ohne mein Zutun. Mit einem Mal glaube ich das Ledergeschirr zu spüren, mit dem ich als Kind im Wagen gehalten wurde. Es war braun und hatte weiche gezackte Ränder aus weißem Material. Vor mir läuft ein grauhaariger Mann mit weitausholenden Schritten. Ich mache es mir zur Aufgabe, ihn zu überholen. Das wäre doch gelacht, ich bin sicher jünger als er. Aus den Augenwinkeln sehe ich sein Gesicht. Sein Mund ist geschlossen, wogegen meiner leicht geöffnet ist, denn mein Atem geht schnell.

Ich biege in die Straße ein, in der sich das Haus mit meiner Wohnung befindet. Ich wohne in der Platte, wie man hier sagt, doch im Unterschied zu den anderen Hausbewohnern habe ich keine Datsche am Stadtrand. Ich habe einen kleinen Balkon, und das genügt mir. Auf dem Balkon stehen ein Plastikstuhl und ein Plastiktisch. Wenn ich in der Küche sitze und esse, kann ich hinaussehen. Ein Taubenpärchen brütet in der Regenrinne. Ich hole den Dosenöffner aus der Schublade und öffne die Dose und schütte die Ravioli in einen kleinen Topf. Sie schwimmen in einer dicken Sauce. Das Vietnambuch fällt mir wieder ein. Vielleicht sind die ewig lächelnden kleinen Menschen wirklich freundlich. Vielleicht sind Saigon oder Hanoi tatsächlich einen Besuch wert. Ich tippe mir an die Stirn. Quatsch – was soll ich in Vietnam! Plötzlich rieche ich Sonnencreme; der Geruch passt nicht zu dem der Ravioli, und ich rümpfe die Nase. Mit Daumen und Zeigefinger presse ich ein Stück Haut auf meinem Unterarm zusammen. Wie runzlig sie ist! Die Ravioli sind heiß, und ich gieße sie in einen Teller und setze mich an den Tisch. Das Taubenpärchen sitzt gurrend auf der Balkonbrüstung. Haben sie ihre Eier alleingelassen? Es wäre lustig, junge Täubchen auf dem Tisch herumhüpfen zu haben. Die Ravioli schmecken matschig. Am Fenster gegenüber steht ein Mann in einem weißen Unterhemd und raucht eine Zigarette. Er ist wahrscheinlich arbeitslos, denn ich sehe ihn oft um diese Zeit, oder aber er gönnt sich eine Mittagspause wie ich. Er hat eine haarige Brust und Schweißränder unter den Achseln. Ich esse meinen Teller leer, stehe auf und wasche ihn unter fließendem Wasser sauber, desgleichen den Löffel, und ich trockne beides sorgfältig ab. Ich halte sehr auf Ordnung und Reinlichkeit, und das Telefonkabel ist säuberlich aufgerollt. Die hinkende Kundin fällt mir wieder ein. Wenn sie morgen das Buch holen kommt, heißt das, dass sie über Nacht in der Stadt bleibt. In einem Hotel? Bei Freunden? Es ist mir lieber, sie übernachtet in einem Hotel als bei Freunden. Wie verbringt sie den Abend? Ich nehme die Raviolidose in die Hand, und plötzlich erinnere ich mich daran, wie mein Vater die Bierdosen, nachdem er sie geleert hatte, in der Hand zusammengequetscht hatte, mit einem Geräusch, das mir stets eine Gänsehaut verursachte. Ich nehme an, er wollte uns dadurch zu verstehen geben, wie gleichgültig wir ihm waren. Und ich glaube, dass meine Mutter froh war, als er starb. Von da an war ich der Mann im Haus. Auch die Dose spüle ich sorgfältig aus und gebe sie dann in den Müll. Ich knicke in der Hüfte leicht ein. Ich ziehe das Bein hinter mir her, als ich zur Wohnungstür gehe. Ich werde das Buch jener isländischen Autorin lesen. Ich stelle mir Island vor: heiße Geysire, Eis, rollende Hügel.

Unterwegs treffe ich wieder eine Touristengruppe, und ich stelle mich dazu. Der Führer ist ein alter großer Mann mit einem runden freundlichen Gesicht und einem breiten Lachen. Sicher ein Rentner. Er erzählt von Johann Friedrich dem Großmütigen und seiner Bedeutung für die Stadt. Donnerwetter, sage ich laut. Das Wort ist mir herausgerutscht, und ich bin verlegen, als mich alle ansehen. Es gehört normalerweise nicht zu meinem Vokabular. Mit einer gemurmelten Entschuldigung mache ich mich davon. Mein Gesicht ist rot und heiß, selbst meine Ohren glühen. Was ist nur los mit mir? Es ist wahrhaftig nicht meine Art, aufzufallen. Ich möchte, denke ich plötzlich, auch durch eine fremde Stadt geführt werden. Ich möchte belehrt, von exotischen Sachverhalten ergriffen werden. Ich möchte, dass mir jemand sagt, welches Gebäude ich als nächstes bewundern soll. Ich möchte in grünem Meer baden, auf dem Rücken auf den Wellen paddeln. Nichts weniger als das. Ich gehe weiter. Der Vietnamese steht vor seinem Laden, mit einer Kundin ins Gespräch vertieft. Woher kommt er, und warum ist er hier? Ich habe mich das noch nie gefragt. Die Kleider, die draußen hängen, sind hässlich; ich kann mir nicht vorstellen, dass er viele davon verkauft, selbst in dieser Stadt, wo die wenigsten auf ihre Kleidung achten. Er lächelt.

Ich habe Angst davor, den Schlüssel in meine Ladentür zu stecken und herumzudrehen. Angst davor, dass ich in jenem kurzen Moment des Knirschens im Schloss etwas wissen würde, was ich gar nicht wissen will. Es riecht nach nassem, warmem Asphalt, und Bratwurstgeruch weht durch die Straßen. Blitzschnell führe ich den Schlüssel ein, und in diesem Augenblick beschließe ich, der hinkenden Kundin einen meiner Edelsteine unbemerkt in das Papier mit einzupacken. Ich sammle nämlich Edelsteine und stelle sie in meinem Schaufenster aus. Aber sie würde es bemerken, und was sollte ich dann sagen? Eine Erinnerung an diese Stadt; das ginge. Die Luft im Laden ist stickig. Die Kundin würde sich höflich bedanken und gehen. Sie würde denken:

Ein freundlicher älterer Buchhändler hat mir ein Geschenk gemacht. Ein Buchhändler, der nach Staub riecht. Und eine Glatze bekommt. Plötzlich möchte ich weinen. Ich möchte schluchzend meinen Kopf auf den Ladentisch legen, und dann müsste die Hinkende kommen und ihn streicheln. Was für ein Gedanke! Ich straffe die Schultern. Ich überprüfe die Bestellungen vom Vormittag. Zeitgenössische Literatur verkaufe ich selten; sie ist mir zu negativ, zu hektisch. Ich rufe die Daten der Hinkenden auf. Sie heißt Lisa Kern. Lisa. Sie kann gar nicht anders heißen als Lisa, finde ich. Das Telefon klingelt. Es ist meine Mutter.

Gottfried, gab es bei dir auch Regen?

Ja, ist aber schon vorbei.

(Ein Kunde steht vor meinem Geschäft und betrachtet die Auslagen.)

Und, wie läuft der Laden?

Sie kichert. Das fragt sie immer, und sie ist stolz auf diese Formulierung.

Danke, es geht. Hast du gut zu Mittag gegessen?

(Dingdong. Der Kunde kommt herein.)

Mutter, ich …

Ich habe heute Nachmittag einen Arzttermin …

Ich lächle dem Kunden zu. Ach, wirklich?

Drück mir die Daumen, dass es nichts Ernstes ist … Mutter, ich muss Schluss machen, ich …

Meine Hände zittern so stark – was kann das sein?

Ich rufe dich heute Abend an.

Du hörst mir überhaupt nicht zu!

Doch, aber …

Ist ja auch egal. (Kühl.) Wiedersehen!

Ich rufe heute Abend an, ja?

Nur, wenn du nichts Besseres vorhast …

Sie hat aufgelegt.

Ich bediene den Kunden. Kurz bevor er geht, nimmt er noch den Bildband über Vietnam in die Hand. Asien ist in, sagt er. Er schüttelt den Kopf und legt das Buch wieder auf den Ladentisch. Hab' ich nicht nötig, sagt er. Wohin reisen Sie?, frage ich höflich. Ich schaue mir die Schlösser im Allgäu an, sagt er. Ganz kurz verachte ich ihn. Das ist sicher interessant, sage ich dann. Plötzlich bin ich sehr müde; als hätte ich einen anstrengenden Marsch, eine anstrengende Reise hinter mir. Ich will auf meinem Balkon sitzen und die Tauben beobachten. Ich will, dass alles ist wie vorher. Wie *vorher*?

Der Nachmittag versickert. Ich bediene meine Kunden, aber ich bin nicht recht bei der Sache. Ich habe das Gefühl, eine Entscheidung treffen zu müssen, aber ich weiß nicht, um welche Entscheidung es sich handelt. Ich kann mich nicht daran erinnern, wann ich das letzte Mal eine Entscheidung getroffen habe, es sei denn, man bezeichnet die Tatsache, dass ich mich für gewisse Bücher und gegen gewisse andere ausspreche, schon als Entscheidung, oder ob ich Salat zum Mittagessen kaufe oder nicht. Jetzt aber steht etwas anderes an, ich fühle es ganz deutlich, kann es aber nicht benennen, es ist vage und nebelhaft. Mein Leben verläuft weitgehend entscheidungslos. Ist das gut oder schlecht? Es ist beruhigend, so viel ist sicher.

Als ich den Laden abschließe, scheint die Sonne noch warm vom Himmel. Studenten bevölkern die Straßen, sie sind sehr jung und haben glatte Gesichter, und viele lächeln und halten Eisbecher in den Händen. Das Leben erscheint ihnen offensichtlich leicht und angenehm. Selbst als Lehrling war mir das Leben nicht leicht und angenehm erschienen. Ich war groß und hatte Akne, und mein Gehalt brachte meine Mutter und mich über die Runden. Ich stelle mir vor, wie es wäre, plötzlich Lisa zu treffen. Irgendwo in dieser Stadt hält sie sich auf. Vielleicht sitzt sie in einem der Straßencafés und trinkt einen Cappuccino. Versenkt ihre karmesinroten Lippen in der geschäumten Milch. Sie würde mir kurz und höflich zunicken. Nein, sie würde sich nicht an mich erinnern. Der Vietnamese ist damit beschäftigt, seine unverkauften Kleidungsstücke in den Laden zu tragen. Hinter seinem Laden ist das Theaterhaus, wo, soweit ich weiß, moderne Stücke von einem jungen Ensemble gespielt werden. Nichts für mich. Ich bin resistent gegenüber den Verlockungen der Stadt. Der Abend ist dazu da, sich von den Strapazen des Tages zu erholen. Ich nehme ein kleines Tablett und richte zwei Brote, eine Dose Frühstücksfleisch und Margarine darauf an und trage es auf den Balkon. Die Tauben erwarten mich schon. Gurrend und mit ruckenden Köpfen stolzieren sie über den Boden, flattern auf die Brüstung hoch und recken die Hälse. Ich streue ihnen Brotkrümel hin, und sie picken eifrig danach. Die guten ins Töpfchen, die schlechten ins Kröpfchen, fällt mir ein – und dass ich eigentlich ein verwunschener Prinz in Froschgestalt bin.

Darüber muss ich kurz lachen, und die Tauben fliegen erschrocken davon, kehren aber gleich wieder zurück. Aus dem geöffneten Fenster des behaarten Mannes gegenüber dringt laute Musik; ich werde, wie immer, die Polizei verständigen, wenn er sie nicht leiser dreht, was er selten tut. Das Essen schmeckt fade, und in dem Frühstücksfleisch sind Knorpelstückchen. Das wohlige Feierabendgefühl will sich nicht einstellen. Ich stehe auf und decke den Tisch ab und spüle Teller und Besteck ordentlich unter fließendem Wasser. Es ist halb acht; noch eine halbe Stunde bis zu den Nachrichten. Ich wähle die Nummer meiner Mutter. Sie erzählt mir, dass ihr Befund erst am nächsten Morgen zu erwarten wäre; sie sagt, dass sie nie damit gerechnet habe, alt zu werden, da die Schwangerschaft und Geburt so schwer gewesen seien. Sie nehme, was komme, sagt sie, und ich solle nicht vergessen, mein Fenster nachts geschlossen zu halten, weil schwere Gewitter gemeldet seien. Sie sei froh, dass sie mich habe, und dass sie sich auf mich verlassen könne, egal, was passieren würde. Sie sei ermattet und würde früh zu Bett gehen. Gute Nacht, mein Sohn, sagt sie.

Gute Nacht, Mutter, antworte ich.

Das Gespräch hat mich zermürbt. Ich bin mir sicher, dass meine Mutter mich überleben wird, sie ist so drahtig und energisch und vital. Für den Bruchteil einer Sekunde fühle ich schändlicherweise Bedauern darüber, dass sie so drahtig und energisch und vital ist und mich überleben wird. Das gehört sich nicht für einen Sohn! Ich stehe auf und beginne, im Zimmer hin und her zu laufen. Die Tauben sitzen auf der Brüstung und putzen sich das Gefieder. Von Wand zu Wand sind es vier Schritte. Die Luft, die zur Balkontür hereinweht, ist weich, und ich ertappe mich bei dem Gedanken, dass ich es gerne kalt und regnerisch hätte. Um zwei vor acht stelle ich den Fernseher an und setze mich in meinen Sessel. Der Nachrichtensprecher verhaspelt sich mehrmals. Es gibt wieder viele Tote im Irak, und man weiß nicht, wie man die geplanten Kinderkrippen finanzieren soll. Gestern hat es fast die gleichen Nachrichten gegeben. Plötzlich sehe ich Lisas Gesicht vor mir. Wie sie traurig vor sich hinstarrt. Ich muss sie suchen gehen! Ich springe auf. Mein Blutdruck ist nicht an plötzliche Bewegungen gewöhnt, und mir wird schwarz vor Augen. Ich stehe einen Augenblick still und japse nach Luft. Ich bin mir so sicher, dass sie in einem Café sitzt und an einem Saft nippt! Lächerlich, sage ich mir gleich. Beruhige dich, was geht dich diese Frau an, die das Buch einer unaussprechlichen modernen isländischen Autorin lesen will! Die stampfenden Bässe der Musik von gegenüber dröhnen in meinen Ohren. Soll ich hier sitzen bleiben? Soll ich gehen und sie suchen? Soll ich die Polizei rufen? Ich entscheide mich für Letzteres. Ist das die Entscheidung, vor der ich mich den ganzen Tag schon insgeheim gefürchtet habe? Die Beamten auf der Wache kennen mich. Wir kommen vorbei, sagen sie, in einem, wie ich finde, unerhört spöttischen Ton. Dabei ist mein Anliegen gerechtfertigt! Aber sie lassen sich Zeit. Ich stelle mir eine riesige Sanduhr vor – wie der Sand unendlich langsam durch die dünne Öffnung rieselt, und ich stehe daneben und raufe mir die Haare. Meine Haare werden grauer und grauer, und als der Sand durchgerieselt ist, sind sie schlohweiß. Ich setze mich wieder hin. Normalerweise ist es jetzt Zeit für eine Flasche Bier, doch ich sitze nur still da und sehe auf die Altersflecken auf meinen Händen. Langsam schüttle ich den Kopf. Morgen, denke ich. Morgen, wenn sie kommt, spreche ich sie an. Ich werde sie fragen, wie sie auf diese isländische Autorin gekommen ist. Wenn sie nicht hinken würde, könnte ich sie nicht ansprechen. Aber die kleine anrührende Bewegung, mit der sie in der Hüfte abknickt, gibt mir Hoffnung. Plötzlich bin ich ganz glücklich. Sie wird mir antworten. Aber was, wenn noch andere Leute im Laden sind? Schweiß bricht mir aus. Warten Sie, Frau Kern, Sie und ich, wir sollten uns noch ein wenig unterhalten, ich bediene noch schnell meine Kunden fertig … Undenkbar. Wieder springe ich auf, und wieder wird mir schwarz vor Augen.

In der Nacht habe ich einen Traum. Ich sitze wie Prometheus an einen Felsen gekettet, und der Adler nähert sich, um mir die Eingeweide aufzureißen. Der Schnabel ist hart, und er hackt nach der Leber, dann nach der Milz, dann nach meinem Herzen, das laut pocht wie stampfende Bässe von Technomusik. Viele kleine lächelnde Vietnamesen flanieren an mir vorbei und winken mir zu. Meine Hände zittern so sehr, dass die Kette rasselt. Der Adler pickt mir meine sämtlichen Organe aus dem Leib und lässt sie unter sich fallen. Bald bin ich leer wie eine Sanduhr, durch die der Sand gerieselt ist, und irgendjemand kommt und klopft an das Glas meines Gehäuses. Von diesem Klopfen erwache ich. Ich bin schweißnass. Es ist Mitternacht, die Musik hat aufgehört, und es ist still. Furchtbar still. Still wie in einem Glashaus. Es ist mein Herz, das so laut klopft.

Zerschlagen mache ich mich am Morgen auf den Weg. Der Laden des Vietnamesen ist geschlossen, und überrascht nähere ich mich der Tür, auf die ein Zettel genagelt ist. Der Zettel ist unbeschrieben bis auf ein großes L. Was bedeutet das? Wenn nun auch noch die Sushi-Bar offen ist … Gottlob ist alles wie immer. Zuviel auf einmal sollte mir nicht zugemutet werden! Ich bin aufgeregt, und ich habe ein flaues Gefühl im Magen. Wann wird sie kommen? Als ich den Schlüssel im Schloss drehe, fährt eine Woge der Zuversicht über mich hin. Ich werde sie zu einem Eis einladen, wenn sie mir von dem Roman erzählt hat. Wir werden die Straße hinuntergehen, und ich werde von Schiller und Reinhold und Goethe reden, und sie wird sehen, dass ich diese Stadt liebe und dass man auch hier gut leben kann. Ich werde von Luther berichten und von den sieben Wundern und von Johann Friedrich dem Großmütigen, und mir nichts, dir nichts werden wir an dem Café angelangt sein. Sie wird mich gut informiert, belesen und beredt finden. Ich werde ihr die Tür aufhalten. Im Laden nehme ich ein Staubtuch zur Hand und wedle damit über die Regalbretter. Der Auslieferer kommt, und ich packe die bestellte Ware aus. Der isländische Roman ist dabei. Neben *Die Häutung der Zwiebel* stelle ich den neuen Roman von Thomas Lang, der in der Presse wohlwollend besprochen worden ist; sie soll nicht denken, dass ich mich für die Moderne nicht interessiere. Meine Lippen spitzen sich zu einem fröhlichen Pfeifen. Als der erste Kunde, der Direktor eines der Gymnasien, eintritt, sieht er mich verdutzt an. Während ich ihn bediene, schaue ich immer wieder nervös zur Tür. Dingdong, macht die Glocke. Sie ist da.

Eine heftige Röte steigt mir in die Stirn. Als ich das Buch des Direktors in Papier einschlage und zuklebe, bleibt der Tesafilm an der Ablage hängen, ich mache eine fahrige Bewegung, und das Papier reißt ein Stück auf. Ich entschuldige mich wortreich. Endlich ist das Buch einigermaßen ordentlich eingepackt. Einen schönen Tag noch, sage ich mitten in einen seltsam prüfenden Blick hinein. Der Direktor geht. Wir sind allein.

Ihr Buch ist da, sage ich.

Das ist gut, sagt sie.

Einen Augenblick – ich hole es! Ich gehe in den Nebenraum. Ich sehe mein Gesicht im Spiegel. Mir fällt auf, dass meine Backen etwas hängen und dass mein Kinn schlaff ist, weich. Ich nehme das Buch aus dem Regal.

Ein schwieriger Name, sage ich zu ihr.

Sie lächelt. Die karmesinroten Lippen bewegen sich.

Aber es ist ein gutes Buch, sagt sie.

Keine Frage, sage ich.

Das Telefon klingelt.

Entschuldigen Sie mich einen Moment …

Sie nickt, und ich nehme den Hörer ab.

Es ist Parkinson, sagt meine Mutter.

Ich halte den Hörer vor mich hin und starre darauf.

Hallo?, sagt meine Mutter. Hallo?

Die Kundin sieht mich an.

Ich lege auf. Das macht neunzehn Euro neunzig, sage ich mit flacher Stimme.

Die Kundin gibt mir zwanzig Euro.

Als ich ihr das Zehn-Cent-Stück zurückgebe, berühren sich unsere Hände.

Dann wendet sie sich um und geht. Als sie in der Hüfte einknickt, schlucke ich rau.

Das Telefon klingelt erneut.

Ja, verdammt!

Gottfried? Gottfried? Bist du das?

Ja, sage ich.

Die Tür fällt ins Schloss.

otti

Sie haben seit drei Monaten ein Auto, und sie fahren zum ersten Mal in den großen Ferien weiter weg, nicht mehr zu dem kleinen See bei Ansbach, der gut mit dem Zug zu erreichen war, und ihr ist schlecht, es muss der Geruch der Sitze sein oder der Matten unter den Sitzen, sie kommen kaum voran wegen ihr, halten an jedem Parkplatz, sie beugt sich am Grasrand vornüber und würgt alles raus, sie hat zum Frühstück Brot mit Erdbeermarmelade gegessen, mit der Zeit ist aus den deutlich erkennbaren Brocken grünliche Pampe geworden, ist mit Speichelfäden garniert, die ihr der Wind vom Mund weht, sauer ist sie: Geh nicht so nah ans Auto ran, dass du den Lack nicht kaputtmachst; Geh nicht, tu nicht, mach nicht, noch am Vorabend, als Mutti Koffer packte, hieß es: Hüpf nicht so rum, du machst einen ja verrückt, siehst du denn nicht, dass Mutti Ruhe braucht, sie vergisst sonst die Hälfte, und dann ist das Gejammer groß, sie, Isabel, also runter in den Keller, Rock hoch, Unterhose runter und in die schon stark nach Urin riechende Ecke gepinkelt, von Frau Eimer erwischt, die keuchend mit ihr an der Hand die Treppe hochstieg: Sie hat es wieder gemacht, die gehorcht Ihnen ja überhaupt nicht, kaum war sie raus, gab Vati ihr eine Ohrfeige, immer dasselbe, das kannte sie schon. Sie will an den kleinen See, und sie will nicht kotzen müssen, sie will sich nicht von innen nach außen stülpen, sich ausleeren müssen, Martin kotzt doch auch nicht, der sitzt seelenruhig im Wagen und liest Karl May, Brille auf, brav, der liebe große Bruder, der immer alles richtig macht, so einen mögen sie, dem sagt Vati auch nicht: Du hast deine Mutter unglücklich gemacht, früher war sie so ein vergnügtes Huhn. Schau, sagt Mutti, die Berge! Vati hat gesagt: Heuer fahren wir in die Berge, und alle haben sich gefreut. Alle anderen, heißt das, sie nicht. Sie greift in ihren Rucksack und krümelt Papier zusammen und wirft es auf Martins Buch: Sie ärgert mich schon wieder!, mault der darauf. Immer ärgert sie mich, da kann sie nicht anders, als ihn hämisch zu imitieren: Immer ärgert sie mich, immer ärgert sie mich, fängt Vatis Blick auf und erschrickt. Sein Blick im Rückspiegel, huh, ist das gruslig, dass er sie sehen kann, obwohl er sich nicht umdreht, seine Pupillen ziehen sich zusammen, das Blau der Augen wird dunkler: Gib Ruhe!, da ruft sie: Pferde!, so laut, dass alle zusammenzucken: Da sind Pferde, frei, auf der Weide, und sie haben Fohlen! Martin lässt das ziemlich kalt, aber Mutti sagt: Bestimmt werden wir noch viele sehen, und hat ein Lächeln in der Stimme. Wir müssen über den Großglockner-Pass, sagt Vati und sucht wieder ihre Augen im Rückspiegel, es geht in Serpentinen den Berg hoch und drüben wieder runter: Sag einfach, wenn es dir schlecht wird, sie aber schüttelt den Kopf: Ist nichts mehr drin, sagt sie, da sagt er: Du Arme, und lächelt ihr zu, sie sieht es an den Falten um die Augen. Da oben, sagt er – man schaut auf alles runter, wie aus meiner ME 129. Er ist im Krieg geflogen. War seine beste Zeit, sagt er oft. Sie schrauben sich höher und höher, ihr müsst schlucken, wenn euch die Ohren zuklappen, sagt Mutti. Es wird immer kälter, und es wird neblig, und Vati flucht. Als sie endlich oben angekommen sind, ist der Nebel so dicht, dass man vielleicht fünfzig Meter weit sehen kann, mehr nicht. Trotzdem steigen sie aus, steigen aus in ihren Sommersachen und frieren und haben schlechte Laune, Martin kickt mit dem Fuß einen Eisbrocken die

Straße runter, Mutti hat den Ich-bin-nicht-belastbar-Blick, und Vati knurrt wütend irgendwas, das keiner versteht. Ihr schneeweißes Auto lässt den Schnee, der sich einen halben Meter neben der Straße auftürmt, fast grau aussehen, Isabel geht näher an die festgebackenen Mauern, schließt die Augen, der Weg, weiß auch der, aber von festgetretenem Sand, Birken rechts und links, weiß-schwarz die Rinde, kreischende Elstern, und Vati, der ihre Hand loslässt: Du hast deine Mutter unglücklich gemacht, und wie sie friert, obwohl es warm war, hat sie gefroren, nein, friert sie jetzt, es ist ein innerliches Frieren, alles zieht sich zusammen, heiße Nadelspitzen pieksen ihre Haut, sie streckt die Hand aus und legt sie an den Schnee, kalt ist der, kalt wie Birkenrinde oder noch kälter, kalt ist es innen und außen, und dic anderen hat der Nebel verschluckt. Ja, eine Elster ist vor ihr über den Weg gehüpft, federnd, hat sie aus einem schwarzen blanken Auge angesehen: Du, du bist schuld, dass Mutti kein vergnügtes Huhn mehr ist. Keine Ahnung, warum. Weil sie der Waschfrau von gegenüber immer wieder mal die Pantoffeln versteckt? Weil sie bei Frau Fleischer Glockensturm macht? In den Keller pinkelt? Irgendwas ist schlecht an ihr, böse, sie hat einen Makel, den die anderen nicht haben, ein Kainszeichen auf der Stirn, die anderen sind gut, sie ist böse: Nimm dir ein Beispiel an deinem Bruder und schäm dich. Schweigend gingen sie heim, nebeneinander. Einsteigen! Vati stellt die Heizung an. Aus undeutlichen Schemen werden Felsbrocken, grünes Gras bedeckt wieder die Hänge, Kühe grasen drauf, man hört ihre Glocken bimmeln, manche tief, mit Echo, das hinten aus dem Tal weht, manche hoch und fröhlich, Isabel atmet aus, sie fühlt sich, als sei sie den Pass hochgelaufen, völlig erschöpft. Übel ist ihr auch, aber übergeben muss sie sich nicht.

Nie hätte sie geglaubt, dass sie Tage später wissen würde, was Glück ist. Ja, Glück. Fettes, warmes, köstliches Glück. Sie, das Stadtkind, im Stall bei Berha, dem Kaltblut, das Gesicht an das warme glatte Fell geschmiegt, mit der Hand die langen Mähnenhaare zwirbelnd, dem Geräusch der mahlenden Zähne lauschend. Sie darf ausmisten! Sägemehl darf sie einstreuen, aber bitte nicht so dick, es ist ja nur für die Nacht, tagsüber sind die Kühe draußen. Otti sagt: Hier, nimm, gibt ihr eine Gerte, treib sie mit auf die Weide, ich führ' die Leitkuh, du musst ihnen nur eine überziehen, wenn sie stehenbleiben und Gras fressen wollen. Otti, der Sohn des Bauern, so alt wie Martin, in Lederhosen, ziemlich wortkarg, ziemlich ernst, sie sagt zu ihm: Weck mich, wenn ihr die Sau schlachtet, sie will sehen, wie sie schreit, wie sie stirbt, er weckt sie aber erst, als sie tot ist. Das ist Otti. Abends, im Gastzimmer, schenkt er die frische, gekühlte Milch aus, in deren weißem Schaum sie die Lippen versenkt, die Ottis Vater vor ein paar Stunden gemolken hat, strippestrappestroll, der Eimer, der wird voll. Sie darf das Melken auch mal probieren, nimmt die weiche Euterzitze in die Hand, drückt – kommt nichts raus. Der Bauer lacht, Isabel lacht auch. Gib ihnen schon mal das Kraftfutter, sagt er, du weißt ja, wie viel. Was haben wir nur all die Jahre ohne dich gemacht! Abends holt er sein Akkordeon raus und spielt in der Gaststube. Ihre Eltern gehen aufs Zimmer, sie mögen es nicht, wie die Gäste mitsingen und schunkeln. Vati und Mutti und Martin kraxeln jeden Tag Berge hoch, soweit sie weiß. Um die Pension herum geht ein Balkon, sie hüpft über die federnden, nach sonnenwarmem Holz duftenden Bretter, schaut in die Zimmer der anderen Gäste, huch, da ist das Zimmer ihrer Eltern, sie bleibt stehen, drückt sich an die Hauswand. Einmal möchte ich mir ein Zimmer ohne Etagenbad leisten können, sagt Mutti. Vati sagt nichts. Ich hasse es, das Klo mit anderen Gästen teilen zu müssen, fügt sie hinzu. Immer noch sagt Vati nichts. Leise zieht sie sich zurück. Wenn er sie beim Balkonrumrasen erwischt, setzt es eine Ohrfeige. Also aufpassen. Heute gibt es Sirup, eine dunkelrote ölige Flüssigkeit, Otti spritzt sie mit Sprudel auf. Ja, sie will mal kosten. Schmeckt herrlich. Otti trägt abends in der Pension einen Lodenanzug. Otti ist süß. Es dauert nicht lange, und ihr Entschluss ist gefasst: Sie wird ihn heiraten. Geht klar nicht sofort, aber man kann es ja schon mal festklopfen. Die paar Jahre hält sie noch durch, und dann zieht sie hierher. Und bleibt, für immer und ewig. Sie schwört es sich beim rosigen Alpenglühen. Auch ihre Zukunft ist rosig. Sie wird Bäuerin werden.

Sie sagt es ihm am nächsten Tag, als er in der Milchküche steht und die Kannen saubermacht, sie stellt sich einfach nebenhin und sagt: Otti, ich will dich heiraten. Rums, die Kanne knallt in das große Spülbecken, sein Gesicht zieht sich ganz komisch zusammen, als hätte er etwas Saures gegessen, und dann wird er rot und schluckt und sie sieht seinen Adamsapfel den Hals runterkollern und möchte schon sagen: Später, mein' ich, da hat er den Wasserhahn ausgestellt und ist ab durch die Mitte, die Küchentür wirft er knallend ins Schloss. Erst jetzt ist Isabel verlegen, aber nur, weil er verlegen war, von ihr aus hätte man die ganze Sache jetzt planen und dann vergessen können, na ja, er wird sich schon an den Gedanken gewöhnen. Isabel springt nach draußen und sagt es dem Paar, das neben ihnen wohnt. Man lächelt freundlich. Bis zum Abend wissen es alle, alle wissen, dass sie Otti heiraten wird: Ihr werdet ein schönes Paar sein, sagt man und lächelt, lächelt, alle lächeln gleichzeitig, der ganze Speisesaal lächelt und wartet aufs Essen, nur, zu dumm, Otti ist nicht da, Otti schenkt keine Milch, keinen Sirup aus, Otti verteilt keine Platten mit Fleisch und Klößen, sodass es sein Vater schließlich übernehmen muss, auch er lächelt, aber anders, zuvorkommend, freundlich, er hat sich sogar eine blütenweiße Serviette über den Arm gehängt, auch er trägt einen Lodenanzug, man wendet sich wieder anderen Dingen zu, dass ein Gewitter angekündigt ist für die Nacht mit Starkregen, dass das Wasser im Schwimmbad immer noch lausig kalt ist: Ist halt Quellwasser, sagt Ottis Vater entschuldigend, ein älterer Mann brüllt: Hängt einfach ein paar Tauchsieder rein!, und lacht sich halbtot. Isabels Eltern und Martin kommen etwas verspätet zu Tisch, sie haben ein Kloster besichtigt, soviel sie weiß, Martins Gesichtsausdruck nach zu schließen war es pottlangweilig, selber schuld, sie tritt ihm schon mal gegen das Schienbein, da schießen ihm doch glatt Tränen in die Augen. Heulsuse, Heulsuse! Er springt so schnell auf, dass sein Stuhl nach hinten umfällt, und ist weg, und sie grinst. Vati schimpft sie nicht, in der Öffentlichkeit macht er das nicht, damit hat sie gerechnet. Später, im Bett, hört sie Rumpeln in der Ferne, es klingt, als würden sich die Wackersteine im Bauch des Wolfs gegeneinanderbewegen, sie träumt wieder, träumt halbherzig, sozusagen, sieht im Rahmen des Fensters Blitze aufflammen wie dünne Äste, hat das Gefühl, dass sich das Muster in ihre Pupillen brennt, denn wenn sie die Augen schließt, ist es immer noch da, und das Rumpeln wird lauter und lauter, wird zu einem Krachen, so laut, dass ihr Herz schier stillsteht, dass sie am liebsten zu Martin ins Bett krabbeln würde, schläft der? Er schläft, typisch, er wird es gar nicht merken, wenn sie sich neben ihn kuschelt, haben sie als kleine Kinder doch auch gemacht: Wehe dir, brummt er da, er ist hellwach, er sagt: Weißt du, dass Otti weg ist? Was heißt weg?, fragt sie. Na, einfach weg, keiner weiß, wo er ist. Glaub' ich dir nicht, zischt sie, du willst dich doch bloß wichtigmachen, er sagt: Vati weiß es von seinem Vater, sie haben ihn überall gesucht … den Rest des Satzes lässt er offen, der Dramatik wegen, sie zuckt die Schultern, sagt gleichmütig: Er ist sicher bei einem Freund. Sie sagen, er schämt sich, legt Martin nach, weil du allen erzählt hast, dass du ihn heiraten willst. Ein heller Blitz zuckt kurz über sein Gesicht, seine Augen sind riesig, die Haut bleich, ihr geht eine Gänsehaut auf: Wie ein Gespenst siehst du aus, murmelt sie, dann schämt er sich halt, kann ich ihm auch nicht helfen. Regen setzt ein, ganz abrupt, und so arg, dass sie Angst hat, dass er die Scheiben kaputthaut, dass Otti jetzt draußen ist, ist doof – nein, er wird bei seiner Tante sein, die wohnt in der Nähe, sie ist ganz erleichtert: Er wird bei seiner Tante sein, sagt sie laut, kennst du die, ist stolz, als er den Kopf schüttelt, dass sie ihm wenigstens das voraushat, das ist die mit den vielen Katzen, ihr Haus liegt an der Landstraße. Geh rüber in dein Bett, knurrt Martin jetzt, ich will schlafen. Also gut. Das Gewitter ist weitergezogen, das Schlimmste ist vorbei, sie zieht sich die Decke bis zum Hals und noch ein bisschen höher, sie riecht nach ihr, die Decke, sie kuschelt sich darunter, sie wird Otti helfen, wenn sie ihn erst mal geheiratet hat, er wird froh sein, dass er sie hat …

Die barsche Stimme ihres Vaters im Morgengrauen: Zieh dich an, schnell, Martin ist schon angezogen, Mutti, kalkweiß im Gesicht, packt den Koffer, Isabel öffnet den Mund, will was fragen, traut sich nicht, wie ernst Vati schaut, ernst und böse, es ist noch kühl, sie fröstelt, hat einen schalen Geschmack im Mund. Vati schiebt sie ins Auto: Mach schnell, verdammt noch mal, mach wenigstens schnell! Auch im Wagen ist es kühl, die Sitzbezüge riechen komisch, wo wollen sie denn hin: Ich muss doch die Kühe füttern, sagt sie, haltet an, ich will keinen Ausflug machen, ich muss in den Stall! Gar nichts musst du, sagt Vati. Mutti weint. Sie weiß es noch nicht, wispert sie, sag du es ihr, ich kann es nicht. Da ist es wieder, das Frieren, das Zusammenziehen, die heißen Nadelspitzen, die sie überall pieksen, sie atmet ganz flach, Vati sagt kalt: Otti hat sich in der letzten Nacht betrunken, weil er sich so geschämt hat, und ist im Gewitter in ein Auto gelaufen, unten, auf der Landstraße, direkt neben dem Haus seiner Tante ist er in ein Auto gelaufen und war auf der Stelle tot, dann sagt Vati nichts mehr, und Mutti schluchzt auf und sagt: Kind, was machen wir denn jetzt, Kind, was sollen wir denn bloß machen, da brüllt Vati auf: Gar nichts kannst du machen, es ist zu spät!, dann tritt er aufs Gaspedal, dass das Auto einen Satz macht und sie alle nach vorn geworfen werden, und dann ist Schweigen. Der Morgen dämmert, zartes Rosa liegt auf den Bergen wie eine Spinnwebe, so dünn, und sie schweigen selbst dann noch, als sie am Tunnel ankommen, kein Großglockner diesmal, und im Tunnel ist es schwarz. Abgesehen von kleinen vorbeizuckenden Lichtern ist es schwarz, es ist schwarz, weil sie im Berg sind, weil das ganze Massiv auf ihnen hockt, schwer wie ein Alp, da hört Isabel, wie Mutti sagt: Es war ein Unfall, für den keiner was kann, sie sagt es noch einmal und noch einmal, sie schreit es schließlich, schreit es Vati ins Gesicht, in dem Augenblick, als es heller wird, als sie aus dem Tunnel fahren, in die aufgehende Sonne hinein.

Vati sagt nichts. Vati schweigt.

haut

Im *Edeka* geht er, seinen Einkaufswagen vor sich herschiebend, den Gang hinunter, wo rechts das Waschmittel und links die Haushaltsgeräte verstaut sind, und bleibt abrupt stehen: weil eine Frau, die mit ihrem Einkaufswagen aus dem Gang kommt, wo rechts das Shampoo und links das Duschgel steht, abrupt vor ihm stehenbleibt.

Sie schaut ihn an, Mund offen, Augen weit aufgerissen, greift sich mit der Hand an die Schläfe, ihre Lippen formen sich um ein Wort. Welches, weiß er natürlich nicht. Aber es scheint etwas mit ihm zu tun zu haben.

Die Frau ist schön, sehr schön, wirklich außergewöhnlich. Haare, sanft gewellt wie ein Weizenfeld, durch das der Wind weht. Farbe: dunkelblond, mit hellen Strähnen, letztere wie der vom Wind ausgesäte Hafer. Augen, wie gesagt, groß, grün wie eine bestimmte Art von Moos, das eine Weile nicht genügend Wasser bekommen hat. Ein gerader, schmaler Nasenrücken, dass ihm schwindlig wird von so viel einfacher Schlichtheit. Der Mund: ein Gedicht aus vollen, sicherlich warmen Lippen, dezent mit einem Lippenstift nachgefahren.

Und diese Frau starrt ihn an. Nicht nur das, sie tritt zögernd, wie in Trance, an ihn heran, legt ihm vogelleicht die Hand auf die Schulter, er spürt den zarten Druck ihrer Finger. Er schließt die Augen. Gleich wird er aufwachen aus seinem Traum. Die Frau sagt: Dass du nur wiedergekommen bist.

??

Jetzt fährt ihre Hand hoch zu seiner Stirn. Seine Stirn ist sehr breit und sehr hoch, und die Linie seiner Haare ist seit Jahren auf Wanderschaft. Dabei hat sie Fjorde entstehen lassen, rechts tiefer als links, die mit Sommersprossen überwuchert sind, als hätte sich die Haut ein Äquivalent ausgedacht. Zu den nicht mehr vorhandenen Haaren, versteht sich.

Ihre Einkaufswagen stehen nebeneinander, und eine Kundin schimpft, dass sie nicht durchkäme. Ihrer beider Hände fassen gleichzeitig nach der Stange und schieben blind, dafür Auge in Auge. Die Kundin geht weiter. Jetzt sagt die Frau etwas. Markus, sagt sie.

Das bringt ihn zur Besinnung. Natürlich, es handelt sich um eine Verwechslung. Wobei er alles dafür gegeben hätte, aus diesem Traum nicht mehr aufwachen zu müssen. Alles, wirklich alles. So aber schüttelt er bedauernd den Kopf. Ich bin nicht Markus, sagt er.

Als sich ihre Mundwinkel in einem glücklichen Lächeln sanft hochziehen und winzig kleine Grübchen in ihren Wangen erscheinen, traut er seinen Augen nicht. Keine Widerrede, sagt sie.

Sie schaut auf das, was in seinem Wagen liegt. Seit wann kaufst du H-Milch?, sagt sie. Kauf frische. Aber nur von glücklichen Kühen! Von Kühen, die auf die Weide dürfen! Er sagt, dass alle Kühe, die auf die Milchpackungen aufgemalt sind, gleich aussehen. Wie soll er da wissen, welche unglücklich sind und welche nicht?

Widerspenstig wie immer, sagt sie. Und weiße Nudeln! Also, Markus, ich bitte dich! Wir haben doch immer auf gesunde Ernährung geachtet! Entschieden stellt sie Milch und weiße Nudeln wieder in die Regale zurück.

Ich bin nicht der, für den Sie mich halten, sagt er leise. Ich bin nicht Markus. Wirklich nicht. Fast hätte er hinzugefügt: Obwohl mir das leidtut. Doch er ist kein Draufgänger. Aber ihren Namen wüsste er gern.

Wir könnten Hühnerfrikassee machen, sagt sie. Schön cremig, mit viel Wein und Sahne. Bist du einverstanden?

Jetzt schreit er es fast. Hören Sie auf! Ich bin nicht Markus! Ich bin … seine Stimme wird leiser. Ich bin Karl. Karl, verstehen Sie?

So beruhige dich doch, sagt sie. Sie schmiegt sich an ihn, und da hebt sich sein Arm ganz langsam in die Höhe und legt sich um ihre Schultern. Tatsächlich. (Er hat noch nie einer Frau den Arm um die Schultern gelegt.) Sie schnurrt, an ihn gelehnt, wie ein Kätzchen. Er hebt die Hand, um über ihr Haar zu streichen. Darf er das? Zögernd lässt er sie sinken. Sie landet auf etwas, das weich ist wie Kükenfedern. Ich habe dich so vermisst, flüstert sie. Aber ich habe immer gewusst, dass du zurückkommst. Du kommst ja schließlich immer zurück, nicht wahr?

Er kann gar nicht damit aufhören, über diese Haare zu streichen. Einige von ihnen richten sich auf und drängen sich seiner Handfläche entgegen. Wie schön das ist, wenn sie seine Haut kitzeln, bevor er die Hand sinken lässt.

Sie gibt sich mit einem leisen Seufzer, der wie ein Kinderschluchzen klingt, einen Ruck, der durch sie hindurchgeht. Durch ihn ebenfalls. Jetzt wird sie erkennen, dass sie sich geirrt hat. Gleich. In dieser Minute noch.

Sie sieht ihn prüfend an. Du hast dich überhaupt nicht verändert, sagt sie.

Ein Verkäufer kommt herbei, fragt, ob sie etwas suchten. Für den Verkäufer sind sie ein Paar. Nein, sagt er kühl, danke, wir kommen zurecht. Wir. Der Verkäufer geht.

Er überlässt es ihr, Waren in die Einkaufswagen zu legen. Mal legt sie Eier in seinen, mal Salat in ihren. Sie ist mit einem Mal sehr vergnügt. Summt ein Liedchen. Sie hat eine tolle Figur. Beine bis zum Hals, weiche Hüften. Einen großen Busen, über den er lieber nicht zu genau nachdenkt. Und wenn ich, denkt er wieder, nur heute, nur diesen Tag lang, einfach mitmache? Spricht da etwas dagegen? Hat irgendjemand darunter zu leiden? Die Antwort ist ein donnerndes Nein. So laut, dass ihm Hören und Sehen vergeht.

Er geht mit zu ihr. Sie hat eine entzückende Dachwohnung in einem Jugendstilhaus. Mit Dachterrasse. Auf die stellt er sich, während sie die Sachen verstaut. Er fragt sich, wie er ihren Namen herausbekommen kann. Soll er rufen: Ich habe deinen Namen vergessen, Liebling? Er kichert in sich hinein. Sie hat überall Kapuzinerkresse angepflanzt, sie quillt aus Töpfen und Blumenkästen, üppig orangerot. Hier oben saß sie also mit Markus. Dem er offensichtlich wie aus dem Gesicht geschnitten ist. Doch was für ein Mensch ist er? Und wie kann er, Karl, den Markus spielen, wenn er nichts über ihn weiß?

Sie tritt von hinten an ihn heran, legt ihre Arme um ihn, schmiegt ihr Gesicht an seinen Rücken. Liebster, sagt sie. Er beschließt, aufs Ganze zu gehen. Das ist zwar normalerweise nicht seine Art, aber normalerweise befindet er sich auch nicht in einer derartigen Situation. Ich war krank, sagt er. Und seit ich krank war, kann ich mich an nichts mehr erinnern. Es ist alles wie hinter einem Schleier.

Oh, seufzt sie in seinen Pullover hinein. Das ist ja furchtbar. Was war es? Welche Krankheit, meine ich?

Eine besondere Art der Meningitis, sagt er. Ich – ich habe sogar deinen Namen vergessen …

Ob sie jetzt Verdacht schöpft? Oder: welchen Grund mag sie haben, auch jetzt nicht Verdacht zu schöpfen?

Helena, sagt sie.

Natürlich. Die schöne Helena.

Helena, wiederholt er, weich und verzückt. Dann: Hat mich jemand vermisst?

Die Leute vom Theater haben mir die Bude eingelaufen, sagt sie. Alle. Und immer wieder. Ich habe nur zu ihnen gesagt: Ihr kennt ihn doch, ihr wisst doch, dass er wiederkommt. Er braucht eine schöpferische Auszeit. Sie haben geflucht und gequengelt, und schließlich sind sie gegangen.

Er ist also beim Theater. Er. Der unkreativste Mensch, der auf diesem Erdball herumschleicht. Ein Beamter durch und durch. Einer, der nach der Uhr lebt. Staubtrocken. Ein Junggeselle, wohnhaft im Haus seiner Mutter, deren Blick ihm überallhin folgt. Ein Mann, durch den Frauen normalerweise hindurchsehen. Wie ist es möglich, dass sie nicht merkt, dass er auf gar keinen Fall ihr Markus sein kann?

Er spürt, wie ihre Hände unter seinen Pullover fahren, auch unter sein Hemd, sich auf seine Haut legen. Schweißtropfen sammeln sich in seinen Achselhöhlen. Die Hände bewegen sich nach vorn, auf seinen Bauch zu, auf sein Geschlecht, das sich fröhlich regt, ganz unabhängig von seinem Kopf. Langsam dreht er sich um. Langsam nimmt er sie in die Arme. Langsam lässt er sich von ihr in die Wohnung, ins Schlafzimmer ziehen. Langsam tut er, was sie von ihm will. Es ist unbeschreiblich. Er, Karl, ist in einer Frau!

Sie stöhnt seinen Namen. Nein, nicht seinen, sondern den von Markus natürlich. Eine Zehntelsekunde hat er beides durcheinandergebracht. Er ist Karl, und sie denkt, er sei Markus. Momentan wird er weich und schlapp, doch sie versteht es, ihn wieder in Fahrt zu bringen. Und wie sie es versteht! Er ist der glücklichste Mann auf dieser Erde!

Du hast zugenommen, sagt sie später leise. Ein ganz kleines Bisschen, und ihre Hand streichelt zärtlich die Fettpölsterchen auf seinen Hüften.

Mhm, macht er. Hat sie sonst keine Einwände? Hat er alles richtiggemacht? Hat er seine Feuerprobe bestanden?

Er hat. Wenn das seine Mutter wüsste. Seine Mutter! Die ihn zum Mittagessen erwartet, und er ist nicht gekommen! Sie wird die Polizei anrufen. Er ist immer pünktlich. Er ist noch kein einziges Mal nicht zum Mittagessen gekommen, wenn es vereinbart war. Und heute ist Samstag. Er sieht auf die Uhr. Ich muss einen Anruf machen, sagt er und langt nach seinem Handy, das auf dem Boden liegt. Ich gehe mal schnell in die Küche. Bin gleich wieder da.

Offensichtlich ist Helena überhaupt nicht argwöhnisch. Offensichtlich kann er bei ihr tun und lassen, was er will. Was für eine Frau! Sie scheint völlig in sich zu ruhen. Wie – wie eine Pflanze. Deren Wurzeln fest im Erdreich verankert sind. Oder tut sie nur so als ob? Diesen Gedanken schiebt er gleich wieder weg.

Er steigt über Kleidungsstücke, zieht die Schlafzimmertür hinter sich zu, geht in die Küche, schließt auch da die Tür, wählt die Nummer. Seine Mutter meldet sich sofort. Karl! Wo bist du, um Gottes willen! Wie konntest du mir das antun! Die Sorgen, die ich mir gemacht habe!

Ist schon gut, Mama, sagt er, ich – ich war Zeuge bei einem Unfall und musste eine Aussage machen. Bei der Polizei. Ein Mann ist in ein Auto gelaufen. Aber es ist nichts passiert. Nichts Ernstes zumindest.

Karl? Wo bist du? Wann kommst du nach Hause?

Irgendwann, sagt er. Ist er das, der so etwas sagt? Ich komme dann nach Hause, wenn ich hier fertig bin.

Bist du auf der Polizeiwache?

Ja, natürlich. Mach dir keine Sorgen. Er hängt auf. Ganz erschöpft. Er hat noch nie in seinem Leben gelogen. Er wird das in Zukunft öfter tun müssen. Er geht langsam ins Schlafzimmer zurück. Helena schläft, und er bleibt neben dem Bett stehen und betrachtet sie, die dunklen Halbmonde, die die Wimpern auf den Wangen formen, den halbgeöffneten Mund, die wunderbar vollen Arme, die ihn gehalten haben.

Er setzt sich neben sie aufs Bett. Ich heiße Markus, sagt er sich. Markus. Ich bin Markus. Er ist glücklich wie nie in seinem Leben. Gleichzeitig hat er das Gefühl, über einen Abgrund zu balancieren, auf einem hauchdünnen Seil.

Und wenn auch sie dieses Spiel nur spielt? Wenn sie aus irgendeinem Grund die Wahrheit nicht ertragen kann? Wenn sie weiß, dass er Karl ist? Der Schwindel, der ihn packt, als er das denkt, lässt seine Füße fast vom Seil rutschen.

Was soll er als nächstes tun? Nach Hause zu seiner Mutter gehen, wieder Karl sein? Nein. Kommt nicht in Frage. Er wird hierbleiben. Er wird in ein Geschäft gehen und sich Wäsche und Kleider kaufen. Hat Markus hier gewohnt, oder hat er sie nur besucht?

Ich weiß nicht mehr, wo ich wohne, sagt er laut. Und erschrickt.

Sie kommt zu sich. Ich habe nur deine Zahnbürste weggeworfen, sagt sie. Ansonsten ist alles wie gehabt.

Heißt das: Er wird die Kleider von Markus tragen? Er sieht sich um. Ein großer Einbauschrank bedeckt fast die ganze Wand. Vornedran sind Spiegel. Hat sie in den Spiegel gesehen, als er und sie …???

Er steht auf und macht den Schrank auf. Männerunterhosen, schwarz. Er hält eine vor sich hin. Sie ist äußerst knapp bemessen, fast so, dass einem gewisse Teile heraushängen. Egal. Seine Unterhosen sind bauchig und angenehm zu tragen. Reine Baumwolle. Hat sie sich gewundert, als sie ihn ausgezogen hat? (Und letzteres hat sie. Langsam und mit Genuss).

Er zieht das Höschen an, besieht sich im Spiegel. Kreuzdonnerwetter!

Dann nimmt er sich ein Hemd. Es schimmert metallisch und ist schwarz, mit dünnen grauen Streifen. Es passt wie angegossen. Sein weißes, am Kragen leicht gelbliches Hemd fasst er mit spitzen Fingern und trägt es in die Küche und entsorgt es im Müllschlucker.

Wenn schon, denn schon.

Helena ist wieder eingeschlafen. Er hat also Zeit, sich an sein neues Outfit zu gewöhnen. Die Jeans ist hauteng, und man sieht, was er in der Hose hat. Auch seine weite Bundfaltenhose wandert in den Müll.

Er fühlt sich eigentlich gut in diesen Sachen. Er fühlt sich eigentlich sehr gut. Wenn seine Mutter ihn sehen könnte!

Seine Mutter? Er schürzt verächtlich die Lippen. Die soll sehen, wie sie ohne ihn zurechtkommt. Schließlich ist er alt genug, auf eigenen Füßen zu stehen. (Er ist zweiundvierzig.) Und wenn es auch auf einem hauchdünnen Seil ist. Er wird sich einfach nicht mehr bei ihr melden. Überhaupt: Dass er sie vorhin noch angerufen hat! Soll sie doch bleiben, wo der Pfeffer wächst! Nie mehr dieser Blick, der ihn in alle Winkel verfolgt! Er ist frei!

Es kommt ihm vor, als hätten alle Entbehrungen seines bisherigen Lebens nur eins zum Ziel gehabt – ihn auf diesen Moment vorzubereiten. Den Moment, da er ein Mann ist. Er ist sich der Tatsache bewusst, dass er damit den Entbehrungen einen gewissen Wert verleiht.

Helena regt sich. Die schöne, wunderschöne Helena. Sie murmelt seinen Namen. Markus, murmelt sie. Das ist er. Jawohl.

Dann fällt ihm etwas ein. Er wird nicht mehr zu seiner Arbeit gehen können. Er wird ins Theater müssen. Regisseur spielen. Er, der in seinem Leben noch nie im Theater war. Er stellt sich vor: Ein großes Gebäude mit einem Saal voller Plüschsessel und eine Bühne mit einem schweren Vorhang, der auf dem Boden aufsteht. Der mit unendlicher Langsamkeit aufgezogen wird, um seine Inszenierung zu zeigen. Er wird sich, beschließt er, einfach dumm stellen. Seine Meningitis wird auch da herhalten müssen. Jetzt aber geht er erst einmal wieder ins Bett. Ab durch die Mitte!

Am Theater finden ihn alle unverändert. Sie sind froh, dass er wieder da ist und sie das Stück zu Ende proben können.

Eigentlich muss er gar nichts machen. Nur hin und wieder erregt auf der Bühne auf- und ablaufen und die Stirn in Falten legen. Mit diesem Gebaren scheinen alle einverstanden. Und er hat immer gedacht, am Theater passierten unerhörte, rauschhafte Dinge! Mitnichten. Auch dort wird nur mit Wasser gekocht.

In der Zeitung findet er eine Vermisstenanzeige. Mit Bild. Der Mann, der ihm da entgegenlächelt, erscheint ihm so unbekannt, dass er nicht einmal die Notwendigkeit sieht, die Zeitung vor Helena und den Theaterleuten zu verstecken. Niemand sieht Karl in ihm. Karl ist ausgemerzt. Er ist Markus.

Nie hätte er gedacht, dass es so einfach ist, jemand anders zu sein.

Nur manchmal wacht er schreiend aus Alpträumen auf: Was, wenn alles nur ein gigantisches Komplott ist? Ein Komplott, an dem alle, die er kennt, mitwirken und das gegen ihn gerichtet ist? Das seine Vernichtung zum Ziel hat? Er hat keine Ahnung, wie er das meint.

Er gewöhnt sich an, mit der Hand in einer schnellen Geste an die Kehle zu fahren. Als würde ihm die Luft knapp. Helena findet diese Geste süß, und die Theaterleute zu einem Regisseur passend. Sie gibt ihm etwas Dramatisches, Pathetisches. Als würde er sich immer wieder völlig unerwartet der Tatsache bewusst, dass alle vergänglich sind. Dass der Untergang überall lauert. Glaubt er das?

Nein, das glaubt er überhaupt nicht. Er genießt sein Leben in vollen Zügen. Karl vermisst er nicht eine Sekunde. Es ist alles in Ordnung. Es ist alles in bester Ordnung. So könnte es immer weitergehen.

Wenn er nur daran denkt, wie er früher jeden Morgen um dieselbe Zeit aus dem Haus gegangen ist, nach einem Müslifrühstück mit seiner Mutter, wie er in die U-Bahn gestiegen ist und sich, zusammen mit all den anderen, nach Schweiß und Zahnpasta und ungelüfteten Kleidern riechenden Menschen einen Stehplatz erkämpft hat. Er wundert sich, dass er sein Leben damals gar nicht erbärmlich gefunden hat. Jetzt würde er sich gern, irgendwo mitten im Getriebe, auf ein Podest stellen und den Menschen zurufen: Hört auf, ihr selbst zu sein! Werdet zu jemand anderem!

Doch gelegentlich denkt er auch, dass man ihn auslachen würde. Das ist, wenn Karl für eine Sekunde die Oberhand gewinnt.

Aber er ist geflissentlich darauf bedacht, Karl da zu halten, wo er hingehört: in der Vergangenheit. Karl ist die alte Haut, die er längst abgestreift hat. Sie liegt welk am Wegesrand.

Eines Tages sagt Helena, dass er sie doch auch mal ein bisschen anders streicheln solle, und dabei gähnt sie. Ist sie schon fertig mit ihm? Ihm wird schlecht. In der Nacht träumt er, dass seine Mutter hohnlachend auf einem Besenstiel vorbeifliegt. Ihre weizenfarbenen Haare wehen im Wind.

Immer öfter hat er Magenschmerzen, doch auch das scheint man nicht ungewöhnlich für einen Regisseur zu finden. Er läuft auf der Bühne hin und her, die Faust in die Magengrube gebohrt. Wein und Kaffee sind out. Das allerdings wächst sich zu einem Problem aus: Denn Helena will nur noch mit ihm schlafen, wenn sie vorher zusammen ein paar Gläser geleert haben.

Er fragt sich, warum Markus immer wieder eine schöpferische Auszeit gebraucht hat.

Und was, wenn er nun wiederkommt? Wenn er eines Tages auf der Matte steht und ihm alles streitig macht, was er sich erobert hat?

Die Ärzte diagnostizieren ein Magengeschwür.

Er findet, dass Helena eine sehr bestimmte Art hat, die Dinge zu sehen. Andersherum ausgedrückt: Sie macht ihn zu ihrem Geschöpf, und dann wird sie seiner überdrüssig. Als er diese Erkenntnis hat, muss er einen Tag lang im Bett verbringen.

Er sieht, dass auch Markus seine Grenzen hat. Manchmal freut er sich darüber, an anderen Tagen macht es ihn unendlich verzagt.

Er beschließt, die Flucht nach vorn anzutreten, und bittet Helena um ihre Hand. Sie lacht lauthals.

Die neue Inszenierung ist ein Flop und wird vom Publikum ausgebuht. Hatte Markus auch Misserfolge? Er nimmt einen der Schauspieler beiseite und fragt ihn. Der schüttelt vielsagend den Kopf. Was soll das heißen?

Nach Wochen und Monaten schrecklicher Alpträume und Magenschmerzen fasst er einen folgenschweren Entschluss. Er will die alte Haut am Wegesrand suchen und sich überstreifen. Mit anderen Worten: Er sehnt sich danach, wieder Karl sein zu dürfen. Hauptsache, dass er seinen Frieden findet.

Die Haut ist nicht mehr auffindbar.

katz und maus

Das war zu viel, da ist etwas gekippt in mir, da hab' ich nur noch NEIN! geschrieen und den Besen genommen und die Katze rausgescheucht, aber sie ist wiedergekommen, verstehen Sie, dieses Katzenvieh ist erneut durch die Klappe gesprungen, hat die Maus ausgespieen und sich gemütlich auf den Hintern gesetzt und dem halbtoten Geschöpf zugesehen, wie es panisch an der Wand entlanggerannt ist, und ich hab' gedacht, warum macht sie das, warum beißt sie nicht drauf und bricht ihr das Genick, und alles ist vorbei und gut? Können Sie mir das erklären, bitteschön? Und warum will ich das plötzlich wissen, ist es, weil ich soeben etwas im Radio gehört habe, das ich niemals hätte hören wollen, ich wünschte, ich hätte das Radio nicht angestellt, aber ich stelle es jeden Morgen zum Frühstück an, außerdem wird auch das Fernsehen darüber berichten und sicher nicht nur einmal, so was wird lange verbraten. So war es und nicht anders, und ich muss mir diese Geschichte von der Seele reden, damit auch Sie wissen, was los war, damals vor knapp fünfzig Jahren. Die Maus rennt an der Wand meiner Küche entlang, und ich folge ihr mit den Blicken, ihr Fell liegt flach an, die kleinen Augen glänzen wie Metallsplitter, und die Füßchen sausen über meine Terrakottafliesen in einem wahnwitzigen Galopp, und Leni, meine Katze, sieht zu, genussvoll, mit halb geschlossenen Augen und dennoch auf dem Sprung, und wusch, hat sie die Maus wieder in den Krallen, schüttelt sie, aber sanft, ganz sanft, fast zärtlich schüttelt sie das Körperchen, dass nur ja nicht das Genick bricht, das will sie nicht, es soll dauern, dieses schöne Spiel. Wer hätte so was ahnen können, kein Mensch konnte so was ahnen, auch seine Mutter nicht oder die schon gar nicht, wer weiß.

Ich versuch' jetzt mal, die Geschichte so ruhig wie möglich zu erzählen, damit Sie nicht völlig meschugge werden, weil alles durcheinandergeht, ich mach' es ganz langsam der Reihe nach, und wenn Sie doch nicht mitkommen, können Sie mich jederzeit unterbrechen, das Einzige, was ich will, ist, dass Sie verstehen, was damals geschehen ist. Es war der Sommer neunzehnhundertzweiundsechzig, und ich war zwölf und wie jedes Jahr bei meiner Tante, es waren die großen Ferien, und auch mein Cousin war da, der Steffen heißt und damals vierzehn war. Meine Tante war seit Jahren verwitwet, ihren Mann, irgendein hohes Tier beim Militär, hab' ich nur dunkel in Erinnerung, er war kaum da und ich noch zu klein, ich erinner' mich nur, viel geredet hat er nicht, ich erinner' mich an einen großen, schwarz gekleideten Uniformierten mit irgendwas auf den Schultern. Dann vergingen Jahre, in denen ich die Tante nur mit Steffen teilen musste, die Tante, die mich immer die Teppichfransen mit einem weitzinkigen Kamm parallel zueinander kämmen ließ, so lange ich klein war jedenfalls, auch den mit samtigem Rasen bedeckten Abhang hinter dem Haus durfte ich hinunterrollen und Sträuße pflücken und schön in Vasen anordnen, und ein eigenes Zimmer hatte ich, mit wachspoliertem, schimmerndem Parkettboden und einem antiken Schminktischchen vor einem Spiegel, der einen Goldrand hatte, vielleicht hab' ich damals mehr die Dinge gesehen und die Menschen nur so am Rande, die waren halt da wie Figuren auf einem Bild, eine Selbstverständlichkeit, wie auch meine Eltern eine Selbstverständlichkeit waren, man fühlte ihre Präsenz, die nicht abweisend war, zuverlässig war sie, solide. Gerüche gab es, nach Rosen, die meine Tante züchtete, nach feuchter Erde, Meike, nicht den Rasen hinunterrollen, wenn es geregnet hat, du kriegst sonst überall grüne Flecken, nach dem herben Parfüm meiner Tante, nach köstlichem Essen, sie liebte es, zu kochen, holte Kräuter aus dem Garten, die ich kleinschneiden durfte, während das Fleisch in der Pfanne brutzelte, das wir uns zuhause nur einmal in der Woche leisten konnten, die Tante war durch ihren verstorbenen Mann gut versorgt, wie mein Vater sagte. In jenem Sommer, von dem ich erzählen will, hakte ich brav alle meine Rituale ab, rollte den Rasen hinunter, kämmte die Teppichfransen, stellte Blumen in die Vasen, aber so ganz bei der Sache war ich nicht mehr, schaute mich im Garten um, ob mir nicht jemand aus den Nachbarhäusern zusah, plötzlich wusste ich nicht mehr, wie man steht, einfach so dasteht, lässt man die Arme am Körper herabhängen oder verschränkt man sie vor der Brust oder lehnt man sich irgendwo an, und waren meine Schultern nicht krumm, das sagte meine Mutter jedenfalls immerzu bei Tisch, halt dich gerade, Brust raus, Handgelenke auf die Tischkante, das sagte auch die Tante, aber nicht zu mir, sondern zu Steffen, was war nur mit dem los, hatte er dauernd schlechte Laune oder was? Schon kurz nach meiner Ankunft war ich zum See gelaufen, um ihn zu suchen, da musste man durch ein Fichtenwäldchen, wo die Bäume ganz eng standen, Arm in Arm sozusagen, braun an den Füßen, wo kein Licht hinkam, ich hüpfte, summte ein Lied, die Ferien hatten begonnen, da sah ich ihn, blieb stehen, noch von den Bäumen verborgen, wäre früher einfach rausgehüpft zu ihm, gemeinsam hätten wir flache Kiesel gesucht und über das Wasser springen lassen, nur ging das jetzt nicht, irgendwas war anders, er fluchte, weil sie alle absoffen, seine Steine, seine Bewegungen waren aber auch zu hart, das konnte ja nicht gehen, hart und wütend, irgendeine Laus musste ihm über die Leber gelaufen sein. Groß war er geworden, hager. Ich fürchtete mich plötzlich ein bisschen, sollte ich zurücklaufen, so tun, als hätte ich ihn nicht gefunden, als hätte ich ihn nicht zum Essen holen können, wie meine Tante es mir aufgetragen hatte, als wären die zwei Jahre zwischen uns mit einem Mal von Bedeutung, da war etwas im Busch, etwas Dunkles, fast schon Brutales ging von ihm aus, und dann hockte er sich doch glatt auf einen großen Stein und schlug sich die Hände vors Gesicht und heulte und ich sah, wie seine Schultern bebten, also nichts wie weg, ich schlich zurück, nahm einen großen schwarzen Wagen vor dem Haus wahr und einen Mann, der auf der Terrasse saß. Die Tante hatte Besuch an meinem ersten Mittagessen bei ihr? Das konnte sie mir nicht antun! Unklar ahnte ich, Steffen heulte, weil der Mann da war, weil er ihn nicht mochte, aber warum und wieso, ich blieb wieder stehen, betrachtete ihn, war wohl meine Aufgabe an diesem Tag, stehenzubleiben und zu glotzen, eine Seidenweste trug er und ein am Hals aufgeknöpftes Hemd und eine Hose mit einer zackigen Bügelfalte und blankgewichste Schuhe, die vorne spitz zuliefen, ein sonderbarer Knabe, der ein Schnapsglas vor sich stehen hatte und eine Flasche und der rauchte, die dünnen Lippen hielten die Zigarette fest, auch nachdem er daran gezogen hatte, der Rauch musste ihm in die Hakennase steigen, aber er schniefte und hustete nicht. Ich seufzte, lief über den samtigen Rasen, den ich, wusste ich plötzlich, nie mehr hinunterrollen würde, das war aus und vorbei, gab artig Händchen und machte einen Knicks, senkte den Kopf dabei, er hatte gerufen, als er mich kommen sah, Du bist die Meike, nicht wahr?, seine Stimme klang wie die Schneide eines Messers, kurz nachdem sie der Scherenmann über den

Wetzstein gezogen hat. Alles klar, Steffen konnte ihn nicht leiden, auch ich war auf der Hut. Er kippte einen Schnaps, er hatte Augen, die durch einen hindurchsahen und hinten wieder raus und dahin, wo Himmel und Erde zusammenkommen, wie ein Kapitän, vielleicht war er einer? Die Tante hatte auf der Terrasse gedeckt, vier Teller, aber Steffen erschien nicht, gewartet wurde nicht, wir aßen zu dritt, aßen Rouladen mit Kartoffelpüree, mein Lieblingsessen, das sie für mich gekocht hatte, doch es schmeckte nicht wie sonst, weil ich immer wieder auf den leeren Teller starren musste, weil keiner etwas zu Steffens Abwesenheit sagte, waren sie schon daran gewöhnt?, weil ich mir vorstellte, dass er zum Imbiss ging und sich Pommes kaufte, ich musste ihn fragen, ob er Ketchup oder Mayonnaise dazu genommen hatte oder hätte dies früher gefragt und konnte es jetzt nicht mehr fragen, warum eigentlich, ich war so verwirrt und enttäuscht, dass mir das zarte Fleisch nicht runterging, ich kaute mechanisch, gab höflich Antwort, ja, meinen Eltern ginge es gut, ja, ich hätte ein gutes Zeugnis bekommen, nein, wir würden auch heuer nicht in Urlaub fahren – sie wechselten einen Blick –, ich aß meinen Teller leer, weil man immer seinen Teller leeraß, ich wollte bloß, dass Fritz wieder ging, dass alles wieder so war wie früher, als … Ich war im Bad und wusch mir die Hände und wollte sie abtrocknen und nahm das Handtuch und langte in Steffens Rotz hinein, er hatte sich in das Handtuch geschnäuzt; einmal stellte er eine Leiter ans Haus, nachts, und erschreckte seine Mutter zu Tode, als sein Kopf plötzlich im Fenster auftauchte, übers ganze Gesicht grinsend, ich war dabei, ich lachte mich tot, ich wollte mich wieder totlachen, wollte diese Mauer nicht zwischen uns, die Erwachsenen hier, die Kinder dort, die sich auch zuhause aufrichtete, sobald zwei Erwachsene im selben

Raum waren. Fritz ging endlich, ich trug das Geschirr in die Küche und half beim Abwasch, wir schwiegen. Sie hatte ein Dirndl an, wie meistens, eine Kette mit einem blauen Stein fiel in die tiefe Falte zwischen ihren Brüsten, und wenn sie sich, so wie beim Spülen, vornüberbeugte, ächzte sie ein wenig wegen ihrer Rückenschmerzen, ich traute mich nicht, sie nach Steffen zu fragen, irgendwie war Fritz noch im Raum, vielleicht, weil es nach Zigarettenrauch roch, der sich auch im Dirndl meiner Tante verfangen hatte und zusammen mit dem Duft nach gebratenen Zwiebeln eine Mischung bildete, die mich abstieß, sie sollte wieder nach Parfüm riechen wie früher, da hatte ich ihr manchmal zusehen dürfen, wie sie es auf jene Falte spritzte und hinter den Ohren und an den Handgelenken verrieb. Eine vage Erinnerung stieg in mir auf, ich saß auf ihrem Schoß und malte, und sie langte von hinten vor und spitzte einen Buntstift für mich, und wie eine gepellte Orangenschale fiel das abgelöste Holz auf dem Tisch in sich zusammen. Ich roch es noch, tatsächlich, ich roch auch den Haarspraygeruch, wenn sie mich hochnahm und an sich drückte. Diesmal aber hatte sie gesagt, du bist ja eine junge Dame geworden, ich war verlegen errötet und hatte dumm gelächelt und nicht gewusst, wohin mit meinen Armen, wohin mit mir, na ja, und dann kamen die Rituale dran, wie gesagt, aber sie stimmten nicht mehr. Ich erinnerte mich auch, dass sie einmal gesagt hatte, sie hätte so gern eine Tochter gehabt, mit Mädchen könne sie besser als mit Jungs, bei denen müsse man so streng sein, sonst tanzten die einem auf dem Kopf herum, und wenn ich an den Rotz im Handtuch dachte, verstand ich sie, ich hatte Steffen damals allerdings nicht verpetzt. Sie sagte, morgen fahren wir mit dem Schiff, einverstanden?, und ich nickte erfreut, wir machten das jedes Jahr, jedes Jahr war auch Steffen dabeigewesen.

Also kein Fritz morgen, was ich schon befürchtet hatte, weil sie diesen Blick gewechselt hatten, so, als kennten sie sich gut. Fritz würde mir den Sommer versauen, so wie er offensichtlich auch Steffen den Sommer versaute. Ich hörte Schritte, leise Schritte, auch meine Tante hörte sie, denn sie hob den Kopf, die Treppe knarzte, Steffen!, rief sie. Eine Tür klappte. Oben. Ich sah, wie ihre Kieferknochen mahlten, wie sie rot anlief. Ich fand, er trieb es ein bisschen zu toll, Fritz war doch weg, was wollte er denn noch? Ray Charles' Stimme dröhnte durchs Haus. Meine Tante sah mich von der Seite an, lächelte schwach. Die Pubertät, sagte sie. So schlimm hätte ich es mir nicht vorgestellt. Ich lächelte zurück, wild entschlossen, ihr nie, nie Anlass zur Klage zu geben, ich trocknete das Besteck extra sorgfältig ab, es war aus Silber. Zu jedem Geburtstag bekam ich ebenfalls Silberbesteck von ihr, für die Aussteuer. Ich hatte schon einen ganzen Kasten voll, edel schimmernde Messer und Gabeln und Löffel, so würde ich später also leben, sagten sie mir: in behaglichem Luxus. Wie meine Tante.

Auf dem Weg in ihr Schlafzimmer pochte sie an Steffens Tür. Jetzt war die heilige Stunde ihres Mittagsschlafs, ich spitzte die Ohren: er gehorchte, drehte die Musik leiser. Stille kehrte ein. Ich schlich auf Zehenspitzen durchs Haus. Im Bad wurde ich fündig. Eine dunkelblaue Zahnbürste, Rasierschaum, hinter den Sachen meiner Tante in einem Schränkchen versteckt, ich schlug die Tür zu, atemlos plötzlich, fühlte mich schäbig, warum hatte ich ihnen nachspionieren müssen, verdammt nochmal, ich wollte es doch gar nicht wissen. Aber jetzt konnte ich nicht mehr zurück. Ich hörte Schritte auf der Treppe, ich war noch ganz durcheinander, fühlte Hitze auf meinen Wangen, meiner Stirn, tat so, als hätte ich mir die Hände gewaschen und ging aus dem Bad hinaus und stand vor Steffen, was würde ich jetzt dafür geben, wenn er wie früher grinsen würde, so ansteckend, dass sich einem die Mundwinkel hoben, ob man wollte oder nicht, so schalkhaft: Hey, lass uns was anstellen, doch er grinste nicht, er lief einfach an mir vorbei. Wortlos. Blass. Richtig verknittert im Gesicht. Ich starrte auf seinen Rücken. Meine Güte, was war nur los mit dem. Vor zwei Jahren, als ich zum letzten Mal hier gewesen war, hatten wir so viel Spaß gehabt. Beleidigt wandte ich mich ab. Der konnte mich mal. Ich hatte ihm schließlich nichts getan!

Von nun an kam Fritz immer nach dem Essen. Murmelnd zogen sich die beiden ins Wohnzimmer zurück, tranken ihre Schnäpschen, schlossen uns aus. Es gab keinen Mittagsschlaf der Tante mehr, es gab immer nur diesen Mann mit seiner Seidenweste und seinen Bartstoppeln, dem fehlte wohl sein Rasierschaum, haha, ich hasste es, wie sie sich abschotteten, ich hasste das blöde Gemurmel, wie sie hinter der zugezogenen Glastür ihre Köpfe zusammensteckten und uns außen vor ließen, wie er meine Tante mit Beschlag belegte, ihre Nummer eins war, erst weit abgeschlagen kamen Steffen und ich. Der ließ einmal seine Schuhe verschwinden und verschwand dann selbst bis zum Abend, meine Tante gab ihm mehrere Ohrfeigen, er brüllte, knallte seine Tür zu, ich sah grade noch die Abdrücke ihrer Finger auf seiner Wange, ich wurde zuhause auch geschlagen, ich kannte das, ich wusste, wie zutiefst gedemütigt er sich fühlte, er tat mir leid, ich hätte gern an seine Tür geklopft, hätte gern mit ihm Ray Charles gehört. Danach sprach er kein Wort mehr, tagelang, saß schweigend am Tisch, kam und ging, wieder setzte es Ohrfeigen: nichts half. Dann wieder verfolgte er seine Mutter mit Blicken, Blicken eines gemarterten Tieres, bloß wegen Fritz, ich versuchte, mir einen Reim auf sein Verhalten zu machen, er war sauer, weil er sie nicht mehr für sich hatte, er war eifersüchtig, dachte er, er würde ihn loskriegen, indem er seine Mutter vor die Wahl stellte: der oder ich? Es schien so. Im Grunde war ich auf seiner Seite, aber ich kam nicht an ihn ran, er ließ mich nicht, aus den zwei Jahren war ein tiefer Graben geworden. Auch ich hing rum und hatte zu nichts mehr Lust. Der Höhepunkt kam am Sonntag, wo er sich weigerte, mit in die Kirche zu gehen, er schloss sich in seinem Zimmer ein, und draußen stand Fritz mit seinem schwarzen glänzenden Mercedes und wartete, und meine Tante trat außer sich gegen die Tür. Nichts. So gingen wir allein, im Wagen sagte sie: Bin ich froh, wenn die Ferien rum sind, sie sagte es so leise, dass sie wohl dachte, ich hätte sie nicht gehört, hatte ich aber, auch ich sehnte mittlerweile das Ende herbei, es war ja nicht auszuhalten, wie es in dem Haus knisterte, als führten lauter Stromleitungen hindurch. Und dann, am letzten Tag, stand wieder der schwarze glänzende Mercedes vor der Tür, Steffens Koffer waren gepackt, meine noch nicht, ich würde erst am nächsten Tag fahren, und wir brachten meinen Cousin ins Internat zurück, das heißt, sie zwangen ihn dazu, auszusteigen, am Vorabend hatte er geschrieen, dass er da nie mehr hinwolle, da hatte meine Tante gesagt: Dort werden sie wenigstens mit dir fertig, ich schaff' es schon lange nicht mehr. Er blieb im Auto sitzen, und jetzt war Fritzens Stunde gekommen, der nie etwas gesagt hatte, jetzt zerrte er ihn raus und schrie ihn an: Siehst du denn nicht, was du mit deiner Mutter anstellst, verdammt nochmal!, er hob sein Knie und knallte es ihm in den Hintern und warf ihm die Koffer hinterher und fuhr mit quietschenden Reifen davon. Das Fenster war beschlagen, weil es geregnet hatte, ich wischte es ab und erhaschte noch einen letzten Blick auf Steffen, wie er mit hängenden Schultern dastand, wie er dann einen Koffer rechts nahm und einen links und auf das weit geöffnete Tor des Klosters zuging, mit schleppenden Schritten, allzu viel Spaß machen konnte es ja nicht, den Mönchen ausgeliefert zu sein …

Die Maus ist tot, und auch meine Tante ist längst tot, sie ist jämmerlich an Krebs gestorben. Die Katze putzt sich, sie frisst ihr Opfer nicht, sie hat keinen Appetit auf sie, *Whiskas* schmeckt wohl besser. Mein Mann wird sagen: Das redest du dir ein, wer sagt, dass er davon betroffen war, ich aber weiß es besser, mein Mann wird sagen: Du übertreibst, wie er das oft tut, ich hingegen kann nur denken: Wie kann es sein, dass sie alle damals geschwiegen haben, haben die Mönche sie furchtbar bedroht, ja, so muss es gewesen sein, mal ganz davon abgesehen, dass man damals über Gefühle nicht redete, auch ich hab' das mühsam lernen müssen, mein Mann kann es heute noch nicht. Steffen war betroffen. Das Einzige, was ich tun kann, ist, aus der katholischen Kirche auszutreten, gleich heute werde ich das tun, und dann werde ich versuchen, Steffen ausfindig zu machen. Aber erst einmal heule ich, und die Katze kommt und springt auf meinen Schoß und schnurrt, und ich hebe die Hand und lege sie auf ihr weiches Fell. Ein abgetrennter Mäusekopf liegt in der Ecke meiner Küche. Ich sehe ihn erst, als ich keine Tränen mehr habe und mein Blick wieder klar ist.

der sündenbock

Nachdem ich zwanzig Jahre lang, die ganze Zeit, die ich in dieser Kleinstadt ansässig bin, jeden Tag denselben Spaziergang gemacht habe, die Straße zum Marktplatz hinunter, dann nach dem Rathaus rechts und bis ans Ende der langen Gasse, dann wieder rechts und an der alten Schmiede vorbei und wieder rechts zum Marktplatz zurück, habe ich nun heute, nach einer weiteren schlaflosen Nacht – ich schlafe seit zwanzig Jahren nicht – den Entschluss gefasst, diesen Weg andersherum zu gehen, also dreimal links statt dreimal rechts abzubiegen, erst an der alten Schmiede, dann am Rathaus vorbeizugehen, dann über den Marktplatz, was in mir ein äußerst unangenehmes Schwindelgefühl ausgelöst hat, als ob die Welt plötzlich spiegelverkehrt angeordnet sei. Du gehst jetzt dreimal links und nicht wie sonst dreimal rechts herum, habe ich mir gesagt, und: Dies ist erst der Anfang, denn du wirst diese Kleinstadt, in der du zwanzig Jahre lang gelebt, nein, VEGETIERT, VOR DICH HINVEGETIERT hast, nach diesem letzten und spiegelverkehrt angeordneten Spaziergang auf immer verlassen. Heute oder nie wirst du diese Kleinstadt verlassen, nachdem du zwanzig Jahre lang versucht hast, nichts anderes zu tun als diese Kleinstadt zu verlassen, sagte ich mir. Zwanzig Jahre lang erst der Marktplatz, dann das Rathaus, dann die alte Schmiede und jetzt plötzlich andersherum. Zwanzig Jahre ein täglicher Spaziergang in einer Kleinstadt, um das sich der Strom der Zeit ein Bett gegraben und das er als Treibgut zurückgelassen hat, ein vergessenes Stück Land, auf dem das Brackwasser fau-

lig wird und zu stinken beginnt, weil es nicht in Bewegung kommt, durch nichts und niemanden in Bewegung kommt, sondern nur still daliegt unter seinem kleinen Stückchen leeren Himmels. Zwanzig Jahre Leben im Brackwasserkaff, und jetzt noch EIN Spaziergang, EINMAL die alte Schmiede, EINMAL das Rathaus, EINMAL der Marktplatz, und dann: Aufbruch, Abreise, nachdem ich ALL DIE ZEIT in jenem stinkigen Brackwasser gewatet bin, dass es mir vorkommt, als habe ich diesen Geruch selbst schon angenommen. Als gäbe es keine Hoffnung mehr für mich.
Ich war gerade an der alten Schmiede vorbeigekommen, wo längst kein Pferd mehr beschlagen wird, hatte den Amboss, die Feuerstelle RECHTS von mir anstatt wie sonst LINKS von mir wahrgenommen und einen hartnäckigen Schwindel bekämpfen müssen, als aus dem Gebäude daneben Herr H. trat, so entschieden mir entgegentrat, als sei der Zeitpunkt seines Auftritts keinesfalls ein zufälliger, als habe er vielmehr hinter der Gardine seines Zimmers auf mich gewartet, wobei es keine Rolle zu spielen schien, dass ich diesmal von links und nicht wie sonst von rechts kam, was mich nicht wenig verwunderte, hätte ICH doch an seiner Stelle den Kopf nach rechts und nicht nach links gedreht und wäre MIR das Auftreten des Spaziergängers, MEIN Auftreten also, mit größter Wahrscheinlichkeit entgangen. ER jedoch schien den Kopf einmal hierhin, einmal dorthin gedreht zu haben, vielleicht im Sekundentakt, um mich auch für den doch sehr unwahrscheinlichen Fall, dass ich meine Gewohnheit plötzlich ändern würde, rechtzeitig abpassen zu können, mich rechtzeitig ÜBERFALLEN zu können. Er lächelte mir zu. Mir fiel auf, dass er einen Hut trug, der mir irgendwie bekannt vorkam, einen Hut mit einer seltsamen Feder an der Krempe, wie ihn früher Dorfmenschen in den Alpen getra-

gen haben und vielleicht immer noch tragen. Er verneigte sich leicht. Ob er sich mir anschließen dürfe, fragte er. Da ich immer größten Wert darauf lege, bei meinen Spaziergängen allein zu bleiben und ein gleichmäßiges Schritttempo vorzulegen, ich an diesem speziellen Tag, auf den sich mein gesamtes bisheriges Leben zuzubewegen schien, nur von dem Gedanken besetzt war, meinen letzten und in jeder Hinsicht außergewöhnlichen Spaziergang ANDERSHERUM ordentlich zu Ende zu bringen, machte ich eine Geste der Abwehr, die mein Gegenüber aber nicht zur Kenntnis zu nehmen schien, denn der Mann passte seinen Schritt alsbald dem meinen an, und ob ich es wollte oder nicht, gingen wir gleich, als wären wir verabredet, einträchtig nebeneinander her. Herr H. war mir natürlich bekannt, wie in einer Viertausend-Seelen-Kleinstadt jeder mit jedem bekannt ist; er war Anästhesist und arbeitete im nahegelegenen Krankenhaus, und sein Bruder war vor langer Zeit, kurz nachdem ich hierher versetzt worden war, unter ungeklärten Umständen zu Tode gekommen. Eine Weile ging Herr H. schweigend neben mir her. Jetzt, sagte ich mir, wendest du dich ihm zu – er läuft RECHTS von dir – und sagst ihm, dass du heute unter allen Umständen deinen Spaziergang alleine machen musst, dass du … „Heute ist es genau zwanzig Jahre her, dass mein Bruder gestorben ist", sagte er. Ich holte tief Luft. Was ging mich sein Bruder an! „Ich …", begann ich. Er machte eine schroffe Handbewegung. „Nicht, dass Sie denken, ich liefe immer umher und spräche Leute an! Mitnichten!" Er sah mich von der Seite an. „Ich bin", sagte er, „sogar ein Mensch, der noch im Alter von fünf Jahren kein Wort gesprochen hat! Kein einziges Wort! Ich bin ein SCHWEIGER, verstehen Sie, einer, dem die Worte alles andere als leicht über die Lippen kommen … der sich", er seufzte, „AB-

PLAGEN muss, um Wörter zu formen und Sätze zu bilden, auf die entsetzlichste Weise abplagen muss …" Sein Leben lang habe er geschwiegen, sagte er, aber heute, an diesem Tag, habe er das Bedürfnis zu sprechen … Warum? Warum ausgerechnet heute? Weil in dem Augenblick, als er mich gesehen habe … Ich hob die Hand, doch er ließ mich nicht zu Wort kommen. „Heute vor zwanzig Jahren", sagte er. Ich warf ihm einen Blick zu und erschrak. In seinem Gesicht arbeitete es; seine Kiefer mahlten, seine Augenlider zuckten, den Kopf hatte er ein wenig vorgeschoben, und das Kinn, ein weiches, ein in den Hautfalten des Halses fast verschwindendes Kinn, zitterte, die Augen quollen hervor, kurz, er wirkte, als habe ihn eine entsetzliche Kraft in ihrer Gewalt. „Beruhigen Sie sich", sagte ich bemüht gelassen. Links von uns, am unteren Ende des Marktplatzes, lag das Rathaus, und just in diesem Augenblick schlug die Uhr, und ein kleines Türchen neben der Uhr öffnete sich, bunt gekleidete Figuren schwebten heraus, verbeugten sich und verschwanden. Wir blieben stehen. „Marionetten", sagte Herr H. abfällig. Die Figuren verschwanden, und ein zweites Türchen schloss sich hinter ihnen. Wir gingen weiter. „Wenn man schweigen will, sein Leben lang schweigen will, muss man sich einen Beruf suchen, bei dem man schweigen kann", sagte er. „Es ist mir bisher fast immer geglückt, zu schweigen, glauben Sie mir! Mit meinen Patienten muss ich nur wenige Worte wechseln, dann lege ich sie schlafen, ich versetze sie in einen tiefen, traumlosen Schlaf, schlafend werden sie operiert, ich sitze neben ihnen und den leise piepsenden Geräten, meist hängt ein grünes Tuch zwischen mir und dem Operateur, sodass ich nichts sehen kann, was mir nur recht ist, und ich lausche auf die tiefen, fast unhörbaren Atemzüge, und Ruhe überkommt mich!" Er seufzte. „Womit ich sagen will, dass ich nur ruhig bin, wenn ich einen tief schlafenden Patienten neben mir habe, nur in diesen Minuten oder Viertelstunden habe ich Ruhe! Sonst" – er beschleunigte den Schritt – „bin ich alles andere als ruhig, schweigsam ja, aber nicht ruhig, ich habe immer, den ganzen Tag über, das Bedürfnis nach Bewegung ..." Er brach ab. „Was erzähle ich da", sagte er. Er wirkte in der Tat gehetzt, so als würde er am liebsten zu rennen beginnen, kleine Speichelbläschen standen in seinen Mundwinkeln. Von mir aus konnte er die Stadt mehrmals in schnellem Schritt umrunden, wenn ihm danach war, Hauptsache, er ließ mich in Ruhe! „Ich möchte unbedingt ...", begann ich. „Nein", sagte er. „Nein, gehen Sie nicht weg!" Er legte seine Hand auf meinen Arm, und mir war, als ginge ein Stromschlag durch mich hindurch. Wir liefen über den Marktplatz. Ein paar Gemüsestände waren aufgebaut, Bauersfrauen in derben Schürzen standen dahinter, Bauersfrauen, die daran gewöhnt waren, dass ich ihnen nur zunickte, die Herrn H., schließlich war er Arzt, aber höflich, fast schon unterwürfig grüßten. „Ich bin", sagte er, „der unruhigste Mensch, den Sie sich denken können", und seine Hand fuhr, wie zum Beweis, an sein Kinn. „Und ich bin ein Mensch, der seit zwanzig Jahren nicht gesprochen hat ..." Um den Marktplatz herum standen Geschäftshäuser mit Auslagen, die Übelkeit verursachten, die den ganz und gar VERGRÖBERTEN Kaffgeschmack widerspiegelten. Herr H. lief schweigend neben mir her. „Herr H.", sagte ich. „Es tut mir leid, Sie bitten zu müssen ..." Er wandte mir sein Gesicht zu. Es war fahl, die Augen flackerten auf unheimliche Art in ihren Höhlen. „Bleiben Sie", sagte er. „Leihen Sie mir Ihr Gehör, ich bitte Sie! Es ist unendlich wichtig für mich ..." Er blieb abrupt stehen. „Mein Bruder", sagte er. „Nein – ich muss anders anfangen … Ich bin, wie Sie vielleicht wissen, Oberarzt", sagte er. „Und ich habe die besten Aussichten, Chefarzt zu werden … Ich habe viel Geld … Doch egal, was ich tue, was ich bin, es ist nicht genug, es reicht nicht, immer bin ich in Eile, immer bin ich auf der Jagd nach etwas, das es nicht gibt … das es schon gibt", verbesserte er sich. „Das es gibt, aber das nur für meinen Bruder da ist – oder da war …" Er lachte. „Verstehen Sie: Mein Bruder hatte alles, obwohl er nichts hatte! Er war, wie Sie vielleicht wissen, manchmal am Theater in M. tätig – er spielte in Bauernschwänken, in lächerlichen unbedeutenden primitiven Bauernschwänken spielte er und tat dabei, als spiele er den Faust, den Othello … verstehen Sie! Er war der Größte! Wie seine Augenbrauen zuckten! Wie sein Bärtchen hüpfte! Wie seine Augen funkelten! Es war unerträglich … Und wissen Sie was? Ihn liebten sie alle! Ihn bewunderten sie alle, allen voran unser Vater, der für mich, der es wirklich zu etwas gebracht hatte, nicht das kleinste Bisschen Aufmerksamkeit übrighatte, nichts hatte er für mich übrig, gar nichts … Klassisch", sagte er. „Eine Geschichte, wie es unzählige gibt! Ich", sagte er plötzlich sehr laut, „hätte im Übrigen ein Mädchen werden sollen … Keinen einzigen Jungennamen hatten meine Eltern bei meiner Geburt ausgesucht, nein, Ruth hätte ich heißen sollen! Ruth!" Er keuchte, und aus den Augenwinkeln sah ich, dass ihm Schweiß über das Gesicht lief. Gehetzt blickte ich mich um. Nicht mehr lange, und wir wären in der Sackgasse, in der ich wohnte. Nicht mehr lange, und wir stünden vor meinem Haus. Plötzlich glaubte ich wahrzunehmen, dass sowohl er als auch ich denselben Geruch ausdünsteten – nach fauligem Brackwasser … Wie sollte ich es nur anstellen, diesen Menschen loszuwerden – bevor es zu spät war? Er fing wieder an. „Heute ist es genau wie damals", sagte er. „Graue

Wolken am Himmel, eine zu Boden ziehende Luftfeuchtigkeit – versuchen Sie, tief durchzuatmen! Es gelingt Ihnen nicht! – Heute Abend wird es Nebel geben, undurchdringlichen Nebel, so wie es auch damals undurchdringlichen Nebel gegeben hat, wie es in dieser Stadt im Grunde immer Nebel gibt …" Er lachte laut und meckernd. „Und dieser Geruch! Riechen Sie ihn? Nein, sagen Sie nichts, ich weiß, dass Sie ihn riechen, ich weiß, dass Sie zu den Menschen gehören, die diesen Geruch riechen können, wohingegen der Kleinstadtmensch dazu nicht in der Lage ist … Als ich heute aus dem Fenster sah, als Sie draußen vorbeigingen, als Sie draußen VORBEISCHLICHEN, habe ich mir gesagt: Das ist ein Mensch, der diesen Geruch riecht, das ist ein Mensch, der dir zuhören wird, der gar nicht anders kann, als dir zuzuhören! Ich hätte Sie längst wahrnehmen müssen, aber ich habe Sie, warum auch immer, erst heute wahrgenommen …" Er lachte wieder. „Da hat der Topf seinen Deckel gefunden, sozusagen", sagte er. „Ich bin der Topf, und Sie sind mein Deckel, wie finden Sie das?" In den Taschen ballte ich meine Hände zu Fäusten. Bittere Galle stieg mir in den Mund. „Heute habe ich aus dem Fenster gesehen", fuhr er fort, „und ich habe Sie gesehen … Nicht zufällig! Zufälle gibt es nicht! Nur Kaffbewohner glauben an Zufälle …" Der Hut zitterte auf seinem Kopf. Nein, es war nicht der Hut, der zitterte, es war die Feder an seiner Krempe. „Je mehr Ihnen der Schweiß auf der Stirn steht, desto weniger steht er mir auf der Stirn", sagte er. „Je röter Ihr Gesicht ist, desto blasser wird das meine! Sehen Sie mich an!" Ich sah ihn an. Er hatte Recht: Er wirkte entspannt, fast glücklich. Nebelschwaden zogen durch die Gasse und verhüllten mein Haus. „Es ist wie damals", sagte er wieder. Schauer liefen mir den Rücken hinab. Ich nahm meine Hände aus den Hosentaschen. Ich bewegte meine Finger. Von ferne schlug die Turmuhr. Mit einem Ruck fuhr ich herum und legte meine Hände an seinen Hals. Der Hut … Jetzt wusste ich, wo ich ihn gesehen hatte. Auf dem Kopf seines Bruders, damals, vor zwanzig Jahren … Ich drückte zu. Er versuchte, etwas zu sagen. Ich ließ ein wenig locker. „Es nützt nichts", flüsterte er. „Glauben Sie mir – es nützt nichts!" Die Feder an der Hutkrempe zitterte.

Urplötzlich ließ ich los, und er taumelte ein bisschen.

Mein Haus wurde undeutlich sichtbar.

„Sie haben Recht", sagte ich.

Ich drehte mich um.

„Kommen Sie", sagte ich. „Diesmal gehen wir rechts herum!"

die krähe

Roman sitzt in der Küche auf der Eckbank, hat die Ellenbogen auf den Tisch und den Kopf in die Hände gestützt, schaut zum Fenster hinaus, leichter Schnee fällt. Eine Krähe tanzt auf dem Mäuerchen herum, das an drei Seiten den Misthaufen umgibt, spreizt die Flügel, als würde sie gleich wegfliegen, glättet sie wieder, fährt mit dem Schnabel unter das Gefieder, hackt auf einen Flügel ein, der Kopf ruckt erbost auf und nieder: Ein seltsames Gebaren, was hat sie denn bloß? Der Schnee fällt dichter jetzt, die Krähe ist kaum mehr zu erkennen. Roman hört Schritte draußen, er steht auf und geht zur Tür, lässt Maria herein.

Wo bleibst du denn?, fragt er.

Er schlüpft in seine Stiefel und läuft zum Misthaufen hinüber. Die Krähe sitzt immer noch auf derselben Stelle, und er erkennt, dass sie einen Flügel etwas abgespreizt hält, wie einen Fremdkörper. Er macht eine heftige Bewegung mit den Armen. Die Krähe hüpft bis zum Ende des Mäuerchens; dort bleibt sie, rührt sich nicht, ihre blanken schwarzen Augen starren ihn an. Eine Windböe kräuselt ihr Gefieder. Über ihnen zieht ein Bussard seine Kreise. Durch seinen klagenden Schrei offenbar in Angst versetzt, stürzt sich die Krähe von der Mauer herunter und landet torkelnd auf dem Misthaufen.

Was machst du da draußen?, ruft Maria.

Nichts, sagt er. Er geht langsam, zögernd, zum Haus zurück.

Maria hat den Mantel ausgezogen und sitzt mit angezogenen Beinen in einem Sessel.

Sind die Kinder rechtzeitig fortgekommen?, will sie wissen.

Alles in Ordnung, sagt Roman.

Sie zieht die Gummis von ihren geflochtenen Zöpfen, löst die Flechten auf und schüttelt die nassen Haare, dass die Tropfen stieben.

Vielleicht kriegen wir weiße Weihnachten, sagt sie.

Roman setzt sich wieder auf seinen Platz auf der Eckbank. Im Herd knistert ein Feuer.

Ich habe einen Entschluss gefasst, sagt er.

Maria schaut schnell zu ihm hinüber, steht auf, geht zum Herd, wirft ein Holzscheit hinein. Ihre Hände zittern leicht.

Haben sie gegessen, bevor sie weg sind?, fragt sie.

Roman wischt die Frage mit einer ungeduldigen Handbewegung beiseite.

Meine Güte, sagt er. Es läuft nicht alles aus dem Ruder, bloß weil du mal ein paar Stunden weg bist. Sie haben gegessen und getrunken und sind pünktlich losgelaufen und werden auch pünktlich wieder hier eintrudeln, stell dir vor. Sie brauchen dein Betüddeln gar nicht. Keiner braucht das, übrigens.

Maria antwortet nicht.

Ich würde dir gern meinen Entschluss mitteilen, wenn du nichts dagegen hast, sagt er.

Ich hab' dir auch was zu sagen, sagt sie.

Er schaut überrascht auf. Jetzt aber, sagt er spöttisch. Der Tag der Entschlüsse, eine Woche vor Weihnachten.

Sie hält den Blick unverwandt auf ihn gerichtet.

Ich hab' es satt, dass wir unentwegt streiten, sagt er. Ich hab' nachgedacht. Ich hab' sogar ziemlich lange nachgedacht, wenn dich das interessieren sollte. Ich versuch' seit fünf Jahren, hier Fuß zu fassen. Ich hab' DEINEN Hof übernommen, ich hab' DEINE Kinder übernommen, bloß weil der Stefan keine Lust mehr hatte und sich aus dem Staub gemacht hat. Ich hab' das nie gewollt, verstehst du? Ich bin geblieben, weil ich nicht mehr in den Spiegel hätte sehen können, wenn ich auch weggegangen wäre, wenn ich dich mit deinen drei Gören alleingelassen hätte. Er macht eine Pause, starrt ins Schneetreiben hinaus. Du hast gedacht, der Roman versteht was von Landwirtschaft, du hast gedacht, die Kinder brauchen einen Vater, also setz' ich ihn unter Druck. Also bind' ich ihn fest. Ich schau ihn einfach an, bis er nicht mehr aus noch ein weiß. Du hast nichts gesagt, du hast mich immer nur angeschaut. Wie jetzt grade hast du mich angeschaut mit deinen großen runden Augen. Du hast gedacht, ich biete ihm alles, mich, Kinder, einen Hof. Muss er sich nicht mehr weiter in der Welt herumtreiben. Zumindest nehme ich an, dass du das gedacht hast. Das Dumme ist bloß, sagt er, dass ich auf Wanderschaft sein WILL. Ich will die Menschen zur Umkehr bewegen, ich will, dass sie verstehen, dass wir so nicht weitermachen können. Ich will, dass sie verstehen, dass für unseren Scheißluxus andere ausgebeutet werden. Dass wir unseren Planeten zugrunderichten. DAS ist meine Aufgabe, verdammte Scheiße. Ich hätte nie, niemals drei Kinder in diese Welt gesetzt, wo andere Kinder vor Hunger krepieren oder Kriegswaisen sind oder auf der Flucht. Schau dich doch um! Wir sind fast am Ende, Maria, und ich werde nicht tatenlos zusehen! Wieder macht er eine Pause. Ich gehe, sagt er. Ich hätte längst gehen sollen.

Maria sitzt, aschfahl geworden, auf ihrem Sessel.

Hast du – hast du denn gar keine Gefühle für mich? Für die Kinder? Nie gehabt?

Die anderen sind stärker, sagt er.

Und seit wann weißt du, dass du gehen willst?

Seit einiger Zeit, sagt er.

Seit genau wie langer Zeit?, bohrt sie nach.

Was spielt das denn für eine Rolle?, fragt er.

Für mich spielt es eine, sagt sie.

Im Herd fallen Holzscheite gegeneinander. Der Bussard scheint jetzt direkt über dem Haus zu kreisen, seine klagenden Schreie sind in regelmäßigen Abständen zu hören.

Der Bussard hat Hunger, sagt Roman.

Was? Maria, die auf ihrem Sessel in sich zusammengesunken ist, fährt hoch.

Nichts, sagt Roman.

Sie schweigen. Roman steht am Fenster und schaut hinaus. Es schneit nicht mehr. Ein dünner Schneefilm liegt auf dem Misthaufen, dem gepflasterten Hof, auf dem Dach der Scheune. Die Krähe ist immer noch da und regt sich nicht. Aus der Luft, mit dem Auge des Bussards gesehen, ist sie eine leicht auszumachende Beute, schwarz, wie sie ist, auf dem weißen Grund.

Du kannst nicht loslassen, sagt Roman dumpf. Du klammerst dich an alles und alle. Du frisst einen auf mit Haut und Haar.

Tu ich nicht, sagt Maria tonlos.

Den Stefan hast du auch aufgefressen, sagt er. Der hat nur auf den passenden Moment gewartet, sich davonzumachen. Und dann kam ich, der nur einen Job wollte, und er hat seine Chance gesehen. Er hat seine Chance gesehen, weil er gemerkt hat, der Roman hat ein weiches Herz. Der übernimmt, wenn ich fort bin. Abends haben wir noch ein Bier getrunken, und am nächsten Morgen war er weg. Roman schüttelt den Kopf. Er hat sich kein einziges Mal mehr gemeldet. Hast du dich nie gefragt, warum er sich nie mehr gemeldet hat?

In Marias Augen stehen Tränen.

Er hat den Sog gefürchtet, sagt Roman.

Er war ein Versager, sagt Maria.

Klar, sagt Roman. Wie auch ich ein Versager bin, sobald ich nicht mehr zur Verfügung stehe. Aber du findest wieder einen, der hier einsteigt. Du wirst dein Netz auswerfen und wieder einen Praktikanten suchen. Ich jedenfalls mache das, was ich schon längst hätte machen sollen.

Dann wird dich auch kaum mehr interessieren, was ich dir habe sagen wollen, kommt es von Maria.

Roman wendet sich um. Was immer es auch ist, es wird für meine Entscheidung keine Rolle spielen.

Ich bin schwanger, sagt Maria.

Roman erstarrt. Das ist nicht wahr, sagt er.

Maria antwortet nicht. Sie legt die Arme auf die angezogenen Beine und bettet den Kopf darauf. Im Herd müssten Holzscheite nachgelegt werden, doch keiner der beiden rührt sich.

Typisch, sagt Roman nach einer Weile. Seine Stimme gehorcht ihm nicht. Er räuspert sich. Typisch, wiederholt er. Er macht eine Pause. Du hast es gespürt, dass ich wegwill. Hast dir ein probates Mittel ausgedacht, um mich zu halten.

Dazu gehören zwei, sagt Maria still.

Roman schluckt.

Beim Stefan hast du das genauso gemacht, sagt er dann. Immer wenn er wegwollte, bist du ganz schnell schwanger geworden. Ich wette, dass es so war! Seine Stimme wird lauter. Glaubst du denn im Ernst, dem Stefan hat es Spaß gemacht, sich auf dem Acker krumm und bucklig zu arbeiten und kleine Brötchen zu backen und kleine Gedanken zu denken und den Kopf immer tief über dem Boden zu halten?

Es war NICHT so, sagt Maria.

Aber … Roman hat angefangen, in der Küche hin- und herzulaufen. Vom Fenster zum alten, abgenutzten Sofa, zur Tür, zurück zum Fenster. Die Krähe hüpft langsam über den Misthaufen, pickt hier und da auf etwas ein, das er nicht erkennen kann. Er pocht ans Fenster. Sie schaut her. Duckt sich, als der Bussard wieder schreit.

Besser ein Ende mit Schrecken als ein Schrecken ohne Ende, sagt Roman.

Maria wiegt sich langsam, kaum merklich, hin und her. Die Kinder lieben dich, sagt sie.

Roman fährt herum. Pech für sie, sagt er.

Maria steht langsam auf, geht zum Herd, öffnet das Türchen und wirft ein paar Scheite hinein. Es dauert eine Weile, bis sie zu knistern beginnen. Sie holt einen großen Topf aus dem Regal, gibt Wasser hinein und stellt ihn auf die Herdplatte. Wir leben doch nach deinen Maßstäben, sagt sie. Umweltbewusst, bescheiden. Vorindustriell geradezu. Ich hab' nicht mal ein elektrisches Rührgerät. Mein einziger Luxus ist eine Waschmaschine. Wir bauen alles selber an. Wir produzieren Milch, Eier, Fleisch, wir halten unsere Tiere gut. Wenn du einen Traktor brauchst, leihst du ihn dir aus. Sie seufzt tief. Ihre Worte hören sich an, als würde sie den Rosenkranz beten. Flehend und mutlos gleichzeitig.

Das reicht nicht, sagt er. Mir jedenfalls reicht es nicht.

Du musst schon mindestens Jünger um dich scharen, sagt sie. Bitterkeit schwingt in ihrer Stimme. Kinder sind nicht genug. Müssen schon Jünger sein. Zufällig bist du aber nicht Jesus, verdammt nochmal!

Roman schaut sie an. Du hast ja keine Ahnung, sagt er.

Vielleicht doch, sagt sie.

Draußen sind Kinder zu hören. Jauchzende Kinder. Roman sieht, wie sie winzige Schneebälle formen und nacheinander werfen. Die Krähe hüpft zum Ende des Misthaufens und drückt sich an das Mäuerchen. Die Kinder sehen sie und halten inne. Der Älteste klatscht in die Hände, die Krähe flattert mit den Flügeln. Die Tür wird aufgerissen, die Kinder stürmen herein. Roman rührt sich nicht. Mama, draußen ist eine Krähe, die nicht fliegen kann, ruft das Mädchen.

Unendlich langsam, als koste es ihn große Mühe, dreht Roman sich um. Wir müssen sie füttern, sagt das Mädchen, und ihr einen Schlafplatz bauen, sie stirbt sonst! Aufgeregt, mit geröteten Wangen und blitzenden Augen, stehen die drei vor ihm. Roman geht zum Küchenschrank, holt den Brotlaib heraus und schneidet eine Scheibe ab.

Ich werd' ihr ein paar Brotkrümel hinstreuen, sagt er.

Darf ich mit, Papa?, bettelt der Jüngste.

Meinetwegen, sagt Roman.

Ich such' einen Karton, ruft der Älteste, und dann tun wir sie in den Stall, ja?

Zu Ochs' und Esel, sagt Roman spöttisch.

Maria lächelt. Das Wasser kocht, und sie gibt Nudeln hinein.

das baby

Sie wachte vom Schreien des Babys auf. Neben ihr lag Ulli, sein Mund stand offen, und er schnarchte leise. Sie glitt aus dem Bett und beugte sich über die Wiege und nahm das Baby heraus. Sie setzte sich in einen Sessel am Fenster und legte es an und stillte es. Das Baby trank gierig und machte dabei ein schmatzendes Geräusch. Sie spürte, wie die Milch aus ihrer Brust strömte, und sie schloss die Augen und döste vor sich hin, bis das Baby fertiggetrunken hatte und an die andere Brust gelegt werden musste. Draußen schlug die Kirchturmuhr, und sie zählte die Schläge: fünf Uhr. Das Baby verschluckte sich und hustete, und ihre Milch strömte weiter, bis der Strampler nass war. Sie seufzte. Sie würde es wickeln und neu anziehen müssen. Sie nahm es hoch und klopfte ihm leicht den Rücken, bis es sein Bäuerchen gemacht hatte. Sie wickelte es und zog ihm einen neuen Strampler an und legte es in seine Wiege. Sie kroch ins Bett und schlief ein.

Das Baby schrie wieder. Sie murmelte etwas, stand auf, ging zur Wiege und nahm es hoch. Sie lief im Zimmer auf und ab und machte dabei rüttelnde Bewegungen mit dem Oberkörper; das Baby war still. Sie legte es in die Wiege zurück, deckte es zu und schlüpfte wieder ins Bett. Diesmal dauerte es eine Weile, bis sie einschlief.

Sie öffnete die Augen. Ulli ging nebenan im Kinderzimmer hin und her, das Baby auf dem Arm. Als es still war, legte er es in die Wiege, und sofort begann es wieder zu schreien. Er fluchte und nahm es auf und brachte es ihr ins Schlafzimmer. Zeit zum Stillen, sagte er. Sie schüttelte den Kopf.

Ich habe sie erst vor einer Viertelstunde gestillt, sagte sie. Vielleicht hat sie Bauchweh. Lauf ein wenig mit ihr auf und ab. Ulli ging ins Kinderzimmer zurück. Sie konnte sehen, wie er das Baby in seinen Armen wiegte, bis es einschlief. Er legte es in die Wiege zurück. Schlaf, sagte er zu Nicola und kroch zu ihr ins Bett und zog ihren Kopf an seine Schulter. Sie kuschelte sich an ihn. Gute Nacht, murmelte sie.

Ein paar Minuten später fing das Baby wieder an zu schreien.

Diesmal standen beide auf. Verdammt, knurrte Ulli. Was ist nur mit ihr los? Er nahm das Baby hoch, und sofort war es still. Gar nichts hat sie, sagte er.

Gib sie mir, sagte Nicola. Geh du ins Bett und schlaf …

Ulli verschwand im Schlafzimmer. Das Baby sah Nicola an. Es war hellwach und strampelte mit den Beinen. Nicola trug es eine Weile herum; dann legte sie es wieder in die Wiege. Sofort fing es an zu schreien. Nicola hörte, wie Ulli stöhnte und wie die Bettdecke raschelte. Sie nahm das Baby hoch und setzte sich in den Sessel und legte es an, aber es wollte nicht trinken.

Was ist nur mit dir los?, flüsterte sie. Das Baby sah sie an. Nicola begann zu weinen.

Ich bin so müde, Baby, bitte, bitte lass mich schlafen!

Ulli schnarchte im Nebenzimmer. Sie schloss kurz die Augen und erschrak. Was, wenn ich dich fallen lasse! Sie stand auf und lief im Zimmer auf und ab. Das Baby schloss die Augen, und sie legte es in die Wiege zurück. Diesmal blieb sie daneben stehen, und als es zu schreien begann, nahm sie es gleich hoch. Sie wiegte es in ihren Armen. Draußen wurde es langsam hell. Der Himmel war grau. Wolkenverhangen, sie sah den Kirchturm und die Dächer der Bauernhöfe und die große Eiche neben dem Gebäude, das einst die Schule gewesen war. Im Schlafzimmer schrillte der Wecker, und wieder hörte Nicola, wie Ulli fluchte. Er verschwand im Bad. Sie legte sich das Baby über die Schulter und schüttete mit einer Hand Kaffee in die Maschine und gab Wasser dazu. Sie drückte auf den Knopf, und das Wasser erhitzte sich und tropfte auf das Pulver. Sie atmete tief ein. Nichts hätte sie jetzt lieber als eine Tasse starken Kaffees, doch das Koffein ginge in die Muttermilch, und das kam nicht in Frage. Das Baby hing ganz entspannt über ihrer Schulter. Ulli kam herein, knöpfte sein Hemd zu und fuhr sich durch die nassen Haare.

Was ist nur los mit dem Wurm?, fragte er.

Nicola zuckte die Schultern. Wenn ich das wüsste, sagte sie. Sie setzte sich an den Tisch, das Baby auf ihrem Schoß, und griff nach dem Brot.

Hey, lass mich das machen, sagte Ulli.

Er strich ihr ein Butterbrot mit Marmelade und reichte es ihr.

Sei froh, dass du nachher schlafen kannst, sagte er. Ich fühle mich wie ein ausgewrungener Putzlappen. Er lachte.

Nicola sah ihn an, sagte aber nichts.

Wann kommst du heim?, fragte sie.

Gegen sechs, antwortete er.

Sie seufzte.

Ruh dich aus, sagte er. Er trank seinen Kaffee aus und stellte sich hinter sie und beugte sich zu ihr und dem Baby nieder. Lass deine Mama schlafen, sagte er und kitzelte das Baby am Kinn. Es strampelte mit den Beinen. Er küsste Nicola auf die Wange. Tschüss, meine Liebsten, sagte er und ging zur Tür. Er wandte sich noch einmal um und winkte. Bis heute Abend, sagte er.

Bis dann, antwortete Nicola. Sie sah auf die Tür, als sie

sich hinter ihm schloss. Dann sah sie auf das Baby. Hey, Baby, sagte sie. Ihre Stimme klang laut in der Wohnung. Sie legte das Baby auf die Wickelkommode und wickelte es. Sie betrachtete seinen kleinen Nabel und nahm seine Füßchen in die Hände und staunte über die winzigen Fußnägel. Sie zog es wieder an und trug es eine Weile im Zimmer hin und her. Bald schlossen sich seine Augen, und sie legte es vorsichtig in die Wiege zurück. Diesmal schlief es; ganz entspannt lag es da, das Gesichtchen rosig, und rührte sich nicht. Sie richtete sich auf. Ihr Rücken schmerzte, und sie bog ihn langsam gerade. Die Uhr tickte laut, und im Bad tropfte der Wasserhahn. Sie räumte den Tisch ab. Draußen hatte es zu nieseln begonnen. Das Dach des gegenüber liegenden Hauses glänzte nass, eine Amsel saß auf seinem First und flatterte mit den Flügeln. Sie stellte sich ans Fenster. Im Gehöft nebenan wurde eine Kuh über das Pflaster geführt. Ein Traktor rumpelte die Straße entlang. Ulli hatte eine unbefristete Stelle am Krankenhaus der nahegelegenen Kleinstadt bekommen, und sie hatten beschlossen, aufs Dorf zu ziehen. Kinder müssen auf dem Land aufwachsen, hatten sie gesagt. Und ihr Vertrag an der Uni, wo sie als wissenschaftliche Mitarbeiterin gearbeitet hatte, war nicht mehr verlängert worden. Und sie war schwanger. Sie setzte sich wieder auf den Stuhl. Sie sollte schlafen, aber mitten am Tag? Das kam ihr seltsam vor. Sie gähnte, einmal, mehrmals. Sie goss ein klein wenig Kaffee in eine Tasse und trank ihn; er schmeckte köstlich. Kurz entschlossen füllte sie die Tasse noch einmal auf. Dann ging sie ins Badezimmer, putzte sich die Zähne und zog sich an. Sie war immer noch zu dick. Es musste eine Hose mit Dehnbund sein und ein dunkler Pullover, damit man die Milchflecken nicht sah. Im Wohnzimmer strich sie die Kissen glatt. Sie sammelte die schmutzige Wäsche ein und steckte sie in der Küche in die Waschmaschine. Sie knipste das Licht an. Es war nicht richtig hell geworden, die Wolken hingen immer noch tief. Sie setzte sich neben die Wiege und döste ein. Sie fuhr hoch, als das Baby zu schreien begann.

Später am Tag zog sie ihm eine warme wollene Hose an und einen Pullover und setzte ihm eine Mütze auf und legte es in den Kinderwagen, der im Parterre unter der Treppe geparkt war. Es hatte aufgehört zu regnen, und ein leichter Wind war aufgekommen und blies die Wolken über den Himmel. Das Baby schlief fest, bis zum Kinn zugedeckt. Sie hörte leise Radiomusik, die aus einem der Häuser kam, und das Bellen eines Hundes. Sie ging über den Dorfplatz. Eine alte Bauersfrau sprach sie an. Grüß Gott, Frau Doktor, sagte sie.

Ich heiße Nicola Martin, sagte Nicola.

Für uns sind Sie die Frau Doktor, sagte die Frau.

Nicola schwieg. Die Bauersfrau lächelte und beugte sich über den Wagen. Ein Junge oder ein Mädchen?

Ein Mädchen, sagte Nicola.

Herzig, sagte die Frau. Wissen Sie, wir sind froh, dass wir jetzt wieder einen Doktor am Ort haben. Man weiß ja nie ... Früher gab es hier Geschäfte und eine Schule und einen Laden und natürlich einen Arzt. Aber jetzt ... Sie schüttelte den Kopf.

Das Baby regte sich und knörte in seinem Wagen, und Nicola schob ihn vor und zurück. Früher war alles besser, sagte die Frau. Das Baby begann zu schreien.

Es braucht sein Fläschchen, sagte die Frau.

Ich stille, sagte Nicola.

Hoffentlich reicht die Milch, sagte die Frau. Am Wochenende ist Feuerwehrfest. Mit Tombola. Kommen Sie doch vorbei!

Vielleicht, sagte Nicola vage.

Das Baby schrie jetzt so laut, dass an einem der Häuser ein Fenster aufging und sich eine Frau in Kittelschürze herausbeugte.

Ich muss los, sagte Nicola hastig.

Ruhig mal schreien lassen, sagte die Bauersfrau. Verwöhnen darf man sie nicht.

Auf Wiedersehen, sagte Nicola.

Auf Wiedersehen, Frau Doktor, sagte die Frau. Sie stellte sich an den Zaun der Nachbarin und sagte etwas zu ihr, und die beiden lachten. Schnell schob Nicola den Wagen über den Platz. Schweiß brach ihr aus, und sie fühlte feuchte Flecken auf der Brust. Zuhause nahm sie das krebsrote Baby heraus. Ich bin ja schon da, murmelte sie. Nicht weinen!

Sie schloss auf und trug das schreiende Baby hinein und ließ sich auf den Sessel fallen und schob den Pullover hoch; gierig suchte das Baby nach ihrer Brust und begann zu trinken. Es war dämmrig in der Wohnung, und sie sah auf die letzte Umzugskiste, die in einer Ecke stand und noch ausgepackt werden musste. Noch drei Stunden, bis Ulli heimkäme. Sie trug das Baby in der Wohnung herum und zählte die Schritte; im Schlafzimmer war das Bett nicht gemacht, die Decke hing halb auf den Boden herunter, und die beiden Kissen waren zerknüllt. Sie sah sich im Schrankspiegel und blieb stehen und streckte sich die Zunge heraus. Das Baby machte ein ächzendes Geräusch, dann kackte es in seine Windel. Sie wickelte es und sah unten zwei junge dicke Mütter ihre Kinderwagen vorbeischieben. Einmal sahen sie hoch und lachten, und Nicola trat einen Schritt zurück. Das Baby schrie jetzt auch dann, wenn sie es herumtrug, es hatte sicher Bauchweh, vielleicht wegen des Kaffees. Sie ließ Badewasser in eine kleine Wanne und maß sorgfältig die Temperatur und setzte das Baby hinein. Sein Bauch war gebläht, und sie machte sich Vorwürfe. Ein wenig später stand sie vor der großen Uhr, das Baby auf dem Arm, und sah zu, wie sich die beiden Zeiger endlos langsam über das Zifferblatt bewegten. Als das Telefon klingelte, zuckte sie zusammen. Es war Ulli. Nicola, sagte Ulli. Seine Stimme klang gehetzt. Ich habe noch Fortbildung. Hatte ich völlig vergessen. Ich bin gegen acht da, okay?

Nicola schwieg.

Bist du noch dran?

Bis später, sagte sie und legte auf. Sie legte das Baby in die Wiege. Das Baby schrie, doch sie ließ es liegen. Tiefe Schluchzer stiegen in ihr auf und nahmen ihr die Luft, und sie weinte und weinte, und das Baby schrie. Sei still!, schrie sie plötzlich, und erschrocken hielt das Baby inne. Sei endlich still! Das Baby schrie wieder, doch diesmal klang es anders, ängstlich, verschreckt, und Nicola kam zur Besinnung. Sie nahm es auf den Arm und küsste es und streichelte das Köpfchen. Mein armes kleines Baby, schluchzte sie und lief wieder auf und ab, du kannst doch nichts dafür! Sie knipste in allen Räumen die Lichter an und zog die Vorhänge vor. Aus dem Stall gegenüber kam das Muhen der Kühe, die wohl gemolken werden wollten. Sie stellte sich vor, wie es wäre, in den Stall zu laufen und dem Bauern ihr Leid zu klagen. Er würde sie Frau Doktor nennen, und das nahm ihr den Mut. Frau Doktor, sagte sie laut, und wieder: Frau Doktor, und dann lachte sie laut, und Tränen liefen ihr über die Wangen.

Gegen acht hörte sie Schritte auf der Treppe. Sie saß im Sessel, und das Baby schlief in ihren Armen. Tut mir leid, sagte Ulli, als er hereinkam. Nicola antwortete nicht. Gibt es nichts zu essen? Im Kühlschrank, antwortete sie. Sie hörte, wie er die Kühlschranktür öffnete und wieder schloss. Ich bin halb verhungert, rief er herüber. Elf Stunden Arbeit und nur eine einzige Pause!

Nicola sagte nichts.

Er kam zu ihr und setzte sich neben sie. Hey, Nicola, sagte er weich.

Sie sah auf etwas neben ihm. Weck das Baby nicht auf, sagte sie leise.

Er stand wieder auf und holte sich ein Bier. Noch im Stehen trank er einen großen Schluck. Du kannst dir gar nicht vorstellen, wie gut das tut, sagte er. Und wie war der Wurm heute?

Geht so, sagte Nicola.

Ich habe heute meine erste Kardioanästhesie gemacht, erzählte er stolz. Und wir haben zwei neue Kollegen, beide aus Russland, beide sehr nett.

Schön für dich, sagte Nicola.

Das Baby öffnete die Augen und bewegte den Kopf hin und her, auf der Suche nach ihrer Brust. Sie seufzte und legte es an.

Und du, fragte Ulli. Was hast du heute gemacht?

Was wohl, sagte Nicola.

Das Baby verschluckte sich, und Milch spritzte auf den Strampler. Du bist ja bestens gelaunt, gab Ulli gekränkt zurück.

Das Baby hatte fertiggetrunken, und Nicola stand auf und hielt es Ulli hin. Du bist dran, sagte sie. Sie hatte Mühe, die Zähne auseinanderzubekommen. Sie zog ihren Mantel an. Ich muss mal raus, sagte sie.

Die Straßen des Dorfs waren nur schwach erleuchtet; die Felder, die es umgaben, lagen im Dunkeln. Sie hatte ein drangvolles Bedürfnis nach Bewegung, und so hastete sie zum Sportplatz und wieder zurück und lief dann noch einmal zum Sportplatz hinaus. Schließlich blieb sie im Hof vor ihrem Haus stehen. In der Wohnung waren alle Lichter an, und sie sah den Schatten ihres Mannes hinter den Gardinen, und sie hörte, wie das Baby schrie.

Langsam stieg sie die Treppe hinauf.

Ulli hatte tiefe Ringe unter den Augen. Er hielt Nicola das Baby hin. Das ist ja nicht zum Aushalten, sagte er.

Nicola nahm ihm schweigend das Baby ab. Sie legte es auf die Wickelkommode und zog es aus, massierte ihm den Bauch, und das Schreien verstummte.

Ulli setzte sich in den Sessel und starrte vor sich hin. Warum redest du nicht mit mir?, fragte er dann. Seit ich nach Hause gekommen bin, hast du noch keine zwei Worte mit mir gewechselt!

Ich habe nichts zu erzählen, sagte sie steif. Ich habe keine neue Anästhesietechnik durchgeführt.

Also daher weht der Wind, sagte er.

Nicola zog das Baby wieder an und legte es in die Wiege. Es grummelte ein wenig, aber es schrie nicht.

Sollen wir eine Hilfe einstellen?, fragte Ulli.

Und dann? Soll ich mir dann eine Dauerwelle legen lassen oder Kittelschürzen kaufen? Und was ist mit dem Stillen? Sie schluchzte auf. Ulli schüttelte schweigend den Kopf. Das Baby war ruhig, nur ein Fäustchen fuhr zum Mund hoch.

Nicola, sagte Ulli. Nicki. Hey.

Sie stellte sich weinend ans Fenster. Die Frau Doktor ist schlecht drauf, schluchzte sie. Habt ihr es alle gehört? Bei den Doktors hängt der Haussegen schief!

Ulli war hinter sie getreten. Komm her, Nicki, sagte er und zog sie in seine Arme.

Es ist ja nicht so, dass ich es nicht will!, schniefte sie.

Ist schon gut, sagte Ulli und fuhr ihr über die Haare.

Das Baby schrie.

Nicola legte ihren Kopf an seine Schulter und schluchzte heftig. Ulli streichelte ihren Rücken. Warte, sagte er nach einer Weile. Er nahm das Baby aus der Wiege und legte es sich über die Schulter; mit dem anderen Arm drückte er Nicola an sich.

Sie richtete sich auf und wischte sich die Tränen aus den Augen. Das Baby hatte zu schreien aufgehört und sah sie an. Sie hielt ihm einen Finger hin, und es grapschte danach.

Hoffentlich schaffen wir es, sagte sie leise. Hoffentlich, hoffentlich schaffen wir es!

bobo

Der Bolzplatz war das eine. Der Bolzplatz war das eine, und der Hund war das andere. Dazwischen ging es hin und her, wenn es der Hund nicht war, war es der Bolzplatz, wenn es der Bolzplatz nicht war, war es der Hund. Es gab nichts anderes. Auf dem Bolzplatz schrieen die Kinder. Sie schrieen früh, mittags und abends, und sie schrieen dazwischen, sie schrieen so penetrant laut, dass an nichts anderes zu denken war, das Geschrei setzte sich einem in den Kopf und surrte darin herum wie eine Mücke im Spinnennetz, und weil die Kinder unentwegt und den ganzen Tag lang schrieen, surrten auch die Mücken unentwegt und den ganzen Tag in ihren Köpfen, wobei das Summen im Lauf der Jahre lauter wurde und immer noch lauter, oder waren es die Kinder, die lauter und immer noch lauter schrieen, schwer zu sagen. Die Frau hieß Lotte, und der Mann hieß Otto. Kein Witz. Geduzt habe ich sie selbstverständlich nicht, ich war ja nur die Angestellte, aber sie haben mich geduzt, von Anfang an, sie haben Gerlinde zu mir gesagt, Gerlinde, ich habe solche Kopfschmerzen von dem Geschrei, mach die Fenster zu (das war sie), darauf er: Mach die Fenster auf, Gerlinde, hier erstickt man ja, es ist doch Frühling! Ich machte die Fenster erst zu und dann wieder auf, und dann presste sie die Lippen aufeinander und schaute ihn mit einem Blick an, dass mir angst und bange wurde, und raste in den Garten und zum Zaun und brüllte: Ruhe! Wenn ihr nicht sofort Ruhe gebt, hole ich die Polizei! Als hätten sie darauf gewartet, schrieen die Kinder nur noch lauter, schrieen mit Inbrunst, also ganz ehrlich, ich hätte da auch nicht wohnen mögen. Drei Mal in der Woche für jeweils drei Stunden musste ich es aushalten – aber dann konnte ich gehen. Ich sag' Ihnen, was sich die alles einfallen ließen! Lotte und Otto. Erst haben sie den Bolzplatz mit einem Hängeschloss dichtgemacht. Die Polizei kam und schloss wieder auf. Dann haben sie die Spielgeräte beschädigt, und ihnen flatterte eine Anzeige ins Haus. Dann haben sie die Polizei geholt. Nicht nur einmal haben sie die Polizei geholt, sie haben die Polizei dauernd geholt, quasi ohne Unterbrechung haben sie die Polizei geholt, die Beamten standen 'ne Weile rum und schauten den Kindern zu und grinsten und zogen wieder ab. Woraufhin Lotte den Koller kriegte, und ich sag' Ihnen, wenn Lotte den Koller kriegt, kann man nur eins: Deckung suchen. Der Hund zog den Schwanz ein und winselte und pinkelte überall Pfützen hin, und raten Sie mal, wer die wieder wegputzen musste. Lotte hatte Schaum vor dem Mund. Als hätte sie Tollwut. Sie war dünn, ausgemergelt geradezu, und dann kriegte sie den Koller, und man dachte: Das überlebt sie nicht. Durch das bisschen Haut und die dünnen Rippen konnte man fast ihr Herz sehen, wie es raste. Otto verkroch sich. Keine Ahnung, wohin. Er war schlichtweg unauffindbar. Der Hund saß weinend unter dem Tisch in einer Pfütze. Irgendwann sind Lotte und Otto vor Gericht gezogen. Sie klagten auf alles Mögliche, Schadenersatz, Schmerzensgeld wegen unterbliebener Mittagsschläfchen. Lotte ging sogar so weit, von einem posttraumatischen Belastungssyndrom zu sprechen, das sie habe: Heutzutage hat jeder so was, sagte sie, also darf ich auch eins haben, und wenn eins zieht, dann ein posttraumatisches Belastungssyndrom. In ihrem Fall als Folge von Lärmfolter. Lotte zog los, und Otto zog mit. So war das immer. Immer zog Lotte los, und immer zog Otto mit. Auch, als sie den Hund kauften, war es so. Das ist jetzt acht Jahre her. Der Hund ist neun, Lotte ist 71, Otto 73. Dann kam die Gerichtsverhandlung. Sie warfen sich in Schale, schwarzer Anzug, Seidenkostüm. Siegesgewiss zog Lotte hin, und Otto zog mit. Lotte hatte den Hund auf dem Arm. Ich konnte ja wohl schlecht mit in den Gerichtssaal, aber ich dachte, der Hund kriegt sicher einen extra Stuhl. Textet alle im Saal zu mit seinem Gekläff – als könnte er sprechen. Kann er auch, sagte Lotte, immer wieder.

Kindergeschrei ist auszuhalten, lautete das Urteil. Der Richter sagte streng, hat mir die Nachbarin der beiden erzählt, Kinder sind Leben, er sagte es noch einmal, Kinder sind Leben, sagte er, freuen Sie sich doch daran, dass es Kinder gibt, und Kinder sind nun mal laut, da beißt die Maus keinen Faden ab. Backen Sie einen Kuchen und gehen Sie damit rüber zu ihnen und setzen Sie sich dazu, und Sie werden sehen, auf einmal stört Sie der Lärm gar nicht mehr. Die Nachbarin war ziemlich baff, dass ein Richter sich dazu herabließ, so was zu sagen. Aber gut. Lotte wurde kreideweiß, und Otto wurde feuerrot. Sie nahmen sich an der Hand und stapften aus dem Saal. Ich war da, als sie heimkamen, und musste es ausbaden. Lotte schloss sich im Bad ein. Ich hörte, wie sie in die Schüssel kotzte. Otto verschwand. Und der Hund pinkelte überall hin. Ich hatte volles Programm, sozusagen. Ich dachte: Dann zieht halt woanders hin, grundgütiger Himmel. Zieht irgendwo an den Waldrand, wo es ruhig ist. Aber nein. Sie blieben, der Bolzplatz blieb, die Kinder blieben und lachten sich kaputt und schrieen noch lauter, wenn das überhaupt möglich war. Und knallten den Ball auf den Asphalt. Lotte verlegte sich nun ausschließlich auf den Hund. Er saß übrigens mit zu Tisch, ob Sie das glauben oder nicht. Er bekam ein Lätzchen umgebunden. Er hatte einen Hochstuhl, und der war flankiert von den beiden Alten. Erst legte sie ihm ein Stück Fleisch hin, dann legte er ihm ein Stück Fleisch hin. Dann sie ein Nüdelchen, daraufhin er ein Nüdelchen. Und so weiter. Dabei redeten sie mit ihm. Du musst auch Gemüse essen, Bobo, sagte Lotte, damit du gesund bleibst, und zog ein Stück Zucchini oder was es grade gab durch die Sauce und legte es ihm hin. Eins für die Mama, und eins für den Papa, sagte sie und strich ihm über den Lockenschopf. Manchmal band sie den mit einem Schleifchen zusammen. Dass das Viech jede Art von Mäntelchen hatte, muss ich wohl kaum erwähnen. Regenmäntelchen aus Plastik, Schneemäntelchen aus Wolle, dünne Sommermäntelchen aus Popeline für kühle Abende. Nach dem Essen gab es mittlerweile, weil an Schlafen nicht zu denken war, starken Kaffee. Bobo lag auf dem Schoß seines Frauchens. DAS Thema: Na, raten Sie mal. Richtig. Es war echt laut, es war unerträglich laut, es war geradezu lebensverkürzend laut, muss ich zugeben. Bei jedem Ballaufprall zuckten sie zusammen, und Bobo zuckte zusammen, weil sie zusammenzuckten, eine Zehntelsekunde später. Es war ein Gezucke, sage ich Ihnen! Zum Verrücktwerden. Sie würden eines Tages in der Klapse landen, davon war ich überzeugt. Inklusive Bobo. Aber dann geschah etwas. Otto fiel von einer Leiter. Er lag auf der Wiese wie ein nasser Sack und rührte sich nicht mehr. Sein Fuß stand seltsam ab. Otto schrie. Wir beiden Frauen rannten hin, das heißt, ich rannte, Lotte hatte es nicht so eilig. Bobo schnüffelte an ihm rum und wollte glatt sein Bein heben, aber ich zerrte ihn weg. Ich wählte die 112, mit zitternden Händen. Die Kinder standen am Zaun und starrten. Lotte war mittlerweile eingetroffen und sagte nichts. Sie stand einfach da und schaute auf Otto herab. Sie atmete laut. Sie nahm Bobo auf den Arm und drückte ihn an sich. Als die Rettungssanitäter kamen, sagte sie mit seltsam hoher Stimme; Gerlinde fährt mit. Sie hoben den stöhnenden Otto auf eine Trage und schoben sie ins Innere des Rettungswagens. Die brave Gerlinde nahm neben ihm Platz. Hoffentlich bekäme ich das bezahlt! Sie waren nämlich geizig, alle beide. Im Winter wurde nur in der Stube geheizt, beispielsweise. Putz bröckelte irgendwo – sie ließen ihn bröckeln. Liederlich. Ich saß also neben ihm und fuhr mit ihm ins Krankenhaus, wo er gleich operiert wurde. Ich wartete. Ich dachte an dies und das. Und hatte plötzlich die komische Vorstellung, dass Lotte grad einen Kuchen buk und zu den Kindern rüberbrachte. Und auch ein Stück aß. Da war ich aber falsch gewickelt! Lotte saß in ihrem Sessel, Bobo auf dem Schoß, Fenster zu. Sie war ziemlich platt, dass ich Otto gleich wieder mitbrachte. Sein Fuß war dick eingebunden. Sie hatten einen Rollstuhl mit. Sie hatten mich gefragt: Kann er auf einer Etage schlafen und ins Bad? Kein Problem, habe ich geantwortet. Sie hatten ein Schlafsofa für Gäste, die nie kamen. Das gemeinsame Schlafzimmer war einen Stock höher. Sie würde nicht allein sein dort oben, Bobo lag immer mit im Bett. Otto war schläfrig. Ich zog das Sofa aus, machte alles fertig, sie hoben ihn hinein. Er schlief sofort ein. Und wieder stand Lotte da und schaute auf ihn herab, Bobo auf dem Arm. Die Sanitäter verabschiedeten sich. Ich hörte sie draußen kichern, als sie zum Wagen liefen. Sie sahen mal kurz zum Bolzplatz rüber, wo die Kinder schrieen, und schüttelten den Kopf. Dann brausten sie davon, mit gellendem Martinshorn und Blaulicht, ich nahm an, extra für die Kinder. Die johlten begeistert.

Lotte kümmerte sich null um ihren Mann. ICH kümmerte mich um ihn. Ich kam jetzt jeden Tag, machte ihm was zu essen, half ihm ins Bad, schnitt ihm sogar die Haare. Ich verstand Lotte nicht. Sie waren seit Jahrzehnten verheiratet, und nun, als er sie brauchte, ließ sie ihn links liegen. Ich hatte sogar das Gefühl, dass sein Zustand sie aufblühen ließ. Sie nahm in dem Maß zu, in dem er abnahm. Ihre Wangen röteten sich, als sei sie frisch verliebt. Sie aß im Garten, mit Bobo, trotz Kindergeschrei. Sie plapperte dem Köter die Ohren voll. Der war mittlerweile völlig meschugge, kläffte und fiepte fast ununterbrochen, pinkelte, wo er ging und stand, kackte auf den Teppich im Wohnzimmer, und ich sag' Ihnen, das stank! Er bekam Durchfall, kein Wunder, bei dem Fraß, den sie ihm vorsetzte. Otto saß im Rollstuhl, und der Köter schiss neben ihm auf den Teppich. Ein Saustall. Ich würde ja kündigen, aber es war quasi mein letzter Job vor der Rente, und das Geld brauchte ich. Also blieb ich und putzte alles weg und half Otto beim Ausziehen, wenn er seinen klapprigen Body unter die Dusche manövrieren wollte. Ich schrubbte ihm sogar den Rücken. War eigentlich ein ganz netter Kerl, der Otto. Ich beschloss, dass er ohne Lotte besser dran war. Und Lotte war besser dran ohne Otto. Was meine Meinung, die ich von der Ehe hatte, bestärkte. Ich war überzeugte Single, immer gewesen.

Eines Tages musste Lotte zum Zahnarzt, und der musste ihr befohlen haben, Bobo zuhause zu lassen, denn sie stieg allein ins Taxi. Otto sagte, er wolle Bobo ein bisschen verwöhnen, er käme ja sonst nie dazu, immer hätte Lotte ihn mit Beschlag belegt. Er wies mich an, die Leberwurst aus dem Kühlschrank zu holen, die ich am Vortag gekauft hatte, und auf den Tisch zu legen. Mit dem Messer nahm er eine Portion aus der Haut und rollte sie zu einem Bällchen, das Ganze zweimal. Bobo war im Garten, und er sagte, ich solle ihn reinlassen. Auf dem Weg in den Garten stellte ich mir vor, Lotte würde nicht zurückkommen, eine schöne

Vorstellung eigentlich. Ich stellte mir vor, wie sich das Taxi überschlug und in Flammen aufging. Ich lächelte vor mich hin. Bobo rannte am Zaun auf und ab und kläffte die Kinder an. Ich rief ihn – keine Reaktion. Ich verlegte mich auf die Babysprache, wie ich es von Lotte kannte. Mein Bubilein, flötete ich, ei, komm zu deiner Mama, komm, kleines Bubilein – und ähnlichen Blödsinn. Es half. Ich packte ihn am Halsband (rot, mit silbernen Nieten) und nahm ihn auf den Arm. Sein Herzchen schlug ziemlich schnell, fand ich. Und wie weich sein Fell war! Er roch nach Shampoo. Ich plapperte ihm weiter die Ohren voll, bis wir in der Küche waren. Lass ihn runter, befahl Otto. Er hatte ein seltsames Glitzern in den Augen. Er gab ihm ein Leberwurstbällchen, und gleich darauf auch das zweite. Dann lehnte er sich in seinem Rollstuhl zurück. Er beobachtete Bobo. Der verhielt sich komisch. Drehte sich plötzlich im Kreis, legte sich dann hin, würgte, sein Körper krampfte sich zusammen, die Augen quollen hervor, dann zuckte er ein paar Mal, dann fiel er auf die Seite. Otto nickte. Das war's, sagte er trocken. Bring ihn raus. Ich starrte ihn entsetzt an. Tu, was ich dir sage, befahl er. Leg ihn auf die Treppe, dass sie ihn gleich sieht. Ich konnte mich nicht rühren. Nie im Leben würde ich das tote Viech anfassen! Warum hatte er das bloß getan? Lotte würde zusammenbrechen. Lotte würde TOT zusammenbrechen. Hatte ich das nicht eigentlich gewollt? Das gab den Ausschlag. Ich schlich hin und packte das Viech. Das Fell lag ganz flach am Körper. Und der war weich wie Butter. Total schlaff. Ich brachte ihn raus und legte ihn auf die unterste Treppenstufe. Lief dann wieder hoch und setzte mich aufs Sofa, neben Otto. Wir warteten. Ich kam mir vor wie ein Schwerverbrecher, der auf die Polizei wartet. Otto sagte nach einer Weile: Es lag an mir. Ich verstand nicht.

Oder ich verstand doch. DAS musste ich nicht haben. Raus. Schnell. Bevor sie zurückkam. Ich hatte hier nichts mehr verloren. Ich stand so schnell auf, dass Otto zusammenzuckte. Ich sprang die Treppe runter, als wär' ich noch mal dreißig. Machte einen Riesenschritt über das Viech. Raste zur Bushaltestelle. Es war still. Kein Kindergeschrei. Hielten die Gören den Atem an?

eine tasse tee

Mir wurde vor einigen Wochen eine Geschichte erzählt, die ich Ihnen nicht vorenthalten will. Abgespielt hat sie sich in einer kleinen norddeutschen Hafenstadt; stellen Sie sich niedrige Bauten entlang der Hauptstraße vor, eine einfache langgestreckte Schifferkirche dazwischen, schreiende Möwen in der Luft und den Geruch nach Fisch, den die Meeresbrise herträgt. Es ist Nachmittag, sagen wir, vier Uhr, der Verkehr ist lebhaft, die eine Autoschlange will hinaus aus der Stadt, weg vom Hafen, dorthin, wo die Weizenfelder beginnen und die reetgedeckten Einzelhöfe, die andere bewegt sich Richtung Hotels und Strandpromenade. In der Autoschlange stadtauswärts fährt ein Mazda; er ist grau, Dach und Windschutzscheibe sind mit Vogelkot und Insektenleichen verdreckt, an den Längsseiten, unterhalb der Türen, sind Schlammspritzer. Ihm entgegen kommt ein silbern glitzernder Alfa Romeo. Als die beiden Wagen auf gleicher Höhe sind, berühren sich ihre Außenspiegel: Merkwürdig, werden Sie sagen, es ist doch wahrhaftig genug Platz auf der Straße, und natürlich haben Sie Recht! Nur diese beiden Wagen streifen sich und kommen zum Stehen und kleben nun aneinander, als wären die Außenspiegel Hände und hielten sich in freundschaftlicher Geste fest. Gehupe setzt ein; langsam, widerwillig geradezu, lösen sich die Autos voneinander und fahren an den jeweiligen Rand der Straße. Aus dem Mazda steigt ein grauhaariger alter Mann; er schüttelt den Kopf und greift sich kurz an die Stirn und schickt sich dann an, die Straße zu überqueren, doch der Fahrer des Alfa Romeo, ein blonder, schwarz gekleideter Mann, bedeutet ihm, stehenzubleiben. Zwei weitere Männer, auch sie schwarz gekleidet, mit einer Haartolle auf dem ansonsten glattrasierten Schädel, steigen aus und knallen die Türen so laut zu, dass der alte Mann zusammenzuckt. Alle drei treten auf ihn zu. Es ist etwas Drohendes, Einschüchterndes in ihrem Gehabe, und man kann erkennen, dass der alte Mann einen kleinen Schritt zurückweicht. In diesem Augenblick tritt ein Mann aus dem Geschäft, vor dem der Mazda geparkt ist; es ist ein Freund von mir, der mir diese Geschichte später erzählen wird, und das äußerlich Bedeutsame ist, dass er keine Arme hat. Die Hände sind ihm an den Schultern angewachsen und hängen da wie zwei kleine matte Flügel; ansonsten wirkt sein Körper allerdings gespannt und elastisch, und wachsame Augen blitzen unter dichten Augenbrauen hervor. Er bleibt stehen, als er der Szene vor sich gewahr wird. Einer der schwarz gekleideten Männer hält dem alten Mann den abgebrochenen Außenspiegel unter die Nase. Es ist nicht zu verstehen, was an Worten zwischen beiden Parteien gewechselt wird; man sieht nur die durchgedrückten Rücken der jungen Männer und die vorgewölbten Schultern des Greises, der immer mehr in sich zusammensackt und schließlich mit einer müden Handbewegung auf seinen Wagen weist, dem eine ebenso alte, ebenso grauhaarige Frau entsteigt. Sie sagt etwas; dann tritt sie einen Schritt auf die Männer zu und sagt noch etwas, worauf einer von ihnen seinem Portemonnaie eine Karte entnimmt und ihr reicht. Sie nickt und geht zum Mazda und holt aus dem Handschuhfach ein Papier, das sie ihm gibt, woraufhin sich die drei entfernen, nicht ohne noch einmal böse auf den alten Mann geblickt zu haben. Einer streicht noch zärtlich über die Stelle, wo der Außenspiegel abgebrochen ist, dann steigen sie ein und reihen sich mit kurz aufquietschenden Reifen wieder in die Schlange ein. Jetzt wendet sich der Mann ohne Arme den alten Leuten zu; er spricht sie an und geht mit ihnen ein paar Schritte die Straße hinunter und führt sie in ein Café. Dort nehmen sie Platz; der alte Mann spricht nichts, und seine Frau tätschelt ihm immer wieder die Hand. Er schaut nach innen, als würde er sein ganzes Leben Revue passieren lassen; dann schüttelt er den Kopf und sagt, dass er beim Barras die Kloschüssel mit der Zahnbürste habe putzen müssen, doch dass das gar nichts gewesen sei, im Vergleich. Mein Freund beugt sich vor, um ihm etwas Tröstendes zu sagen; dabei fallen seine Hände vor. Diese kleine eigentümliche Bewegung ist es, die die Aufmerksamkeit des alten Mannes plötzlich auf sich zieht. Er sieht dahin, wo die Arme sein müssten, dann auf die baumelnden Hände, dann meinem Freund ins Gesicht; dann errötet er und schaut zu seiner Frau, die ihn auf eine merkwürdige Art ansieht, so, als warte sie auf etwas, und dann sagt er: Verzeihung!, und nachdem er das gesagt hat, lehnt sich seine Frau in ihrem Stuhl zurück, ruft den Kellner und bestellt, für alle drei, eine Tasse Tee.

inhalt

Kathrin Groß-Striffler, geboren 1955 in Würzburg, lebt in Jena. Sie studierte Anglistik und Romanistik in Würzburg, in Frankreich und den USA, arbeitete als *farm manager* auf einer Pferdefarm in den USA sowie als Lehrerin in Deutschland. Sie ist verheiratet und Mutter von vier Kindern. Seit 1998 ist Kathrin Groß-Striffler freie Autorin. Für die Erzählsammlung „Unterholz“ erhielt sie 2000 den Marburger Literaturpreis, für den Roman „Die Hütte“ 2003 den Alfred-Döblin-Preis, ferner Arbeitsstipendien des Landes Thüringen und des Deutschen Literaturfonds. Weitere Romane: „Das Gut“ (2003), „Gestern noch“ (2007) und „Zum Meer“ (2014). Zuletzt erschien die Novelle „Mutters Fest“, Salzburg 2016. „Eine Tasse Tee“ ist ihre vierte Sammlung Erzählungen und ihr erstes Buch im Mitteldeutschen Verlag.

www.mitteldeutscherverlag.de

Gesamtherstellung: Mitteldeutscher Verlag, Halle (Saale)
Lektorat: André Schinkel, Halle (Saale)

ISBN 978-3-95462-907-7

Printed in EU